Der 8. Mord

1. Auflage August 2015

Copyright © 2014 Kate Dakota

kate.dakota@web.de

(K.Geerdes, Roggenkamp 5, 48499 Salzbergen)

Alle Rechte vorbehalten

Cover-Gestaltung: Kate Dakota

Korrektorat: Anke Köhler

Verlag: CreateSpace

ISBN-13: 978-1517128043

ISBN-10: 1517128048

Der 8. Mord

von

Kate Dakota

Prolog

»Denn du weißt nie, was deine Zeit dir bringen wird!«

Angermünde in der Uckermark, Januar 2015

Manch einer mochte Angermünde für das langweiligste Nest der Welt halten. Und tatsächlich war es so, als wenn die knapp fünfzehntausend Einwohner dieses verschlafenen Städtchens, obwohl nur achtzig Kilometer von der Metropole Berlin entfernt, an manchen Tagen nicht nur den Hasen und Füchsen, sondern auch sich selbst eine gute Nacht wünschten. Soll heißen, dass der Großteil der deutschen Bevölkerung hier nicht tot über dem Zaun hängen wollte. Andersrum, tot über einen Zaun hängen will man doch eigentlich nirgendwo, oder?

Aber wo waren wir? Ach ja, Angermünde, ein Fleckchen Erde, auf dem die Welt noch in Ordnung zu sein schien, wie man einem Werbeflyer entnehmen konnte: »Nicht nur Feingeister nennen Angermünde das ›Tor zur Uckermark‹. Die Uckermark, Deutschlands größter Landkreis besticht durch eine reizvolle und naturbelassene Landschaft, von der Eiszeit deutlich geprägt und noch heute viele klare Eiszeitseen bietend. Angermünde selbst ist umschlossen von mehreren nationalen Naturlandschaften: dem Biosphärenreservat Schorfheide-Chorin und dem Nationalpark Unteres Odertal.«

Spannend, nicht wahr? Nein, wohl eher nicht! Aber darauf kam es auch nicht an. Die Menschen hier waren glücklich und zufrieden mit ihrem etwas langweiligen Kleinstädtchen. Obwohl, ganz so langweilig war es gar nicht mehr, seitdem die Matterns hierher gezogen waren.

Wer hätte das gedacht, als vor nunmehr zehn Jahren Resa Rechtien im Marienkrankenhaus in Berlin ihren ehemaligen Studienkollegen Tom Mattern wiedertraf, der zwar besser denn je aussah, aber nun beileibe nicht mehr das halbgare Arschloch von einst, sondern ein komplettes und ausgereiftes Exemplar dieser leider nicht sehr seltenen Gattung war. Resa hätte allen Grund gehabt, schreiend davonzurennen und dem maskulinen Geschlecht ein für alle Mal abzuschwören, aber sie war geblieben und so hatte diese Geschichte ihren Lauf genommen. Zugegeben, einen traumhaften Verlauf!

Denn Tom Macho Mattern hatte doch ein Herz, wie sich herausstellte, und das war nicht aus Stein, sondern es war lebendig. Und es pochte! Pochte, seitdem er diese blonde Nervensäge wiedergesehen hatte, jeden Tag ein bisschen mehr für sie, man wollte es kaum glauben. Es dauerte etwas, bis der Weiberheld par excellence sich das eingestand, und noch länger, bis seine Herzensdame sich von der Ernsthaftigkeit seiner Absichten überzeugen ließ, aber dann hatten sie die Kurve gekriegt und waren das Traumpaar geworden, das sie in den rosagetünchten Phantasien der Resa Rechtien eh schon lange gewesen waren.

Ja, es hatte Zeit gebraucht, bis dieses ungleiche Paar zusammenfand, aber die Mühe hatte sich gelohnt, und nach einer traumhaften Hochzeit gründeten sie eine traumhafte Familie. Ein Kind nach dem anderen machte der ehemals heißeste Junggeselle der Hauptstadt seiner Angebeteten, nebenbei winkte ihm auch noch eine große Karriere als Chirurg. Alles war in bester Ordnung.

Doch dann kam der Tag, an dem Resa Mattern, hochschwanger mit dem vierten Kind, die Treppe hinabstürzte und dabei beinahe ihr Leben verlor. Spätestens da kam die Erleuchtung für ihren Mann, dass er ein anderes Leben wollte. Nach wie vor mit seinem tollpatschigen Eheweib. Das ohne Zweifel! Aber er wollte einfach mehr von ihr und dem gemeinsamen Nachwuchs haben. Und er wollte wieder ein »richtiger« Arzt sein. Einer, der den Menschen wirklich half und sie nicht nur als namenlose Nummern wie am Fließband zusammenflickte. Durch Resa hatte er gelernt, dass es da so viel mehr gab als

Ehrgeiz und Erfolg, und die Zeit war reif gewesen, etwas zu ändern.

So hatte es also die Matterns mit ihren Kindern Mathilda, Max, Merle und dem Nesthäkchen Malin vier Jahre zuvor nach Angermünde in der Uckermark verschlagen, mitsamt ihres »Leihopas« Gotthilf Schnaller, der mittlerweile stolze neunzig Jahre zählte, aber für sein Alter erstaunlich gut beisammen war. Dort betrieben der Herr Dr. Mattern und die Frau Dr. Mattern eine Gemeinschaftspraxis für Allgemeinmedizin, ihre vier kleinen Zecken bevölkerten den Kindergarten und die Grundschule des kleinen Städtchens und Opa Gotthilf zeigte dem Skat-Club vor Ort, wer denn nun ein wahrer Champion war.

Ja, eigentlich war diese Geschichte auserzählt. Denn allesamt schienen sie das Glück gepachtet zu haben. Aber das war nicht so! Das war ganz und gar nicht so. Denn während die Matterns in Angermünde ihr Leben genossen, braute sich etwas über ihren Köpfen zusammen. Niemand von ihnen ahnte, dass schon bald etwas passieren würde, dass alles drastisch verändern würde. Und das auf eine unheilvolle und grausame Art …

Kapitel 1

Magdeburg, Juli 2014

Es war so schrecklich heiß in diesem Monat. Es hieß, es wäre der heißeste Juli seit Menschengedenken in Deutschland. Dabei müsste es korrekterweise heißen, der heißeste Juli seit dem Beginn der Wetteraufschreibungen, aber solche Spitzfindigkeiten waren den deutschen Mannen und Frauen in diesen Tagen mehr als schnuppe. Seit drei Wochen nun stieg das Thermometer tagtäglich an die vierzig Grad Celsius, und in der Nacht fiel es kaum noch unter fünfundzwanzig Grad. Dass es das letzte Mal geregnet hatte, schien Lichtjahre her zu sein.

Die Dürre machte sich allerorts zunehmend bemerkbar. So waren die wenigen Rasenflächen in der Innenstadt Magdeburgs schon seit Tagen als solche nicht mehr zu erkennen. Sie sahen eher aus wie verschlissene alte Teppiche aus den 1970er Jahren, die nicht nur durch ihre braune Farbe an Hässlichkeit kaum zu überbieten waren. Und dennoch waren sie in diesen frühen Morgenstunden des 24. Juli seltsam bevölkert, hatten doch Heerscharen unternehmenslustiger Studenten beschlossen, nicht mehr in ihren schlecht isolierten Altstadtbuden der Hitze qualvoll ausgeliefert zu sein.

Stattdessen verlegten sie ihre Lebensmittelpunkte eben auf diese braunen Rasenteppiche und verbrachten die Nacht unter freiem Himmel. Und natürlich feierten sie feuchtfröhlich und lautstark, wie sollte es auch anders sein? Die Ordnungshüter der Stadt ließen sie gewähren, denn es waren außergewöhnliche Umstände, und die verlangten nun mal eine ebenso außergewöhnliche Toleranz.

So war erst seit kurzem Ruhe eingekehrt in die Freiluftkommunen, und der Schlaf hatte sich wie ein guter alter Freund über die jungen Leute ausgebreitet, als eine alte Dame ihren Weg durch die Dämmerung suchte. Sie trug ein altmodisches Kittelkleid und abgewetzte Schläppchen, an ihrem Arm baumelte eine Tasche aus Vorkriegszeiten, als sie durch die Reihen der Schlafenden hinunter zum Elbufer schlich.

Es war nun der dritte Tag in Folge, an dem sie in der Frühe zum Fluss hinunterlief. Von dort aus nahm sie den ersten Bus in den nur wenige Kilometer entfernten Magdeburger Stadtteil Westerhüsen. Sie wollte sie sehen. Einmal nur wollte sie sie sehen und das waren ihr diese beschwerlichen Ausflüge wert.

Die Frau war alt. Im vergangenen Dezember hatte sie ihren neunundachtzigsten Geburtstag gefeiert und sie wusste, dass ihre Tage gezählt waren. Je näher dieser Zeitpunkt kam, desto mehr dachte sie an früher. An ihre

Kindheit, ihre Jugend, aber auch an den Krieg und an die Schrecken, die er mit sich gebracht hatte. Vor allem aber dachte sie an ihre Eltern. An den Vater, der, obwohl er als Soldat im Ersten Weltkrieg in Russland sein Augenlicht verloren hatte, niemals seine Gutmütigkeit und seine Lebensfreude eingebüßt hatte. Und an die Mutter, die selbst im Alter noch eine natürliche Schönheit gewesen war, und die all ihre Liebe und Kraft der Familie geschenkt hatte. Lange schon war sie tot, aber vergessen ward sie nie.

Der Stadtbus fuhr vor. Die alte Dame stieg ein und ließ sich etwas atemlos in die vorderste Sitzbank fallen. Nicht ohne Grund hatte sie heute und in den vergangenen Tagen diese frühe Verbindung gewählt, denn ohne Zweifel würden die seltenen Besucher in Westerhüsen viele Schaulustige anlocken, und sie wollte einfach ungestört sein, wenn es soweit war. Der Busfahrer betrachtete sie lächelnd im Rückspiegel. Schon am ersten Tag hatte sie ihm von ihrem Vorhaben berichtet, und er drückte ihr die Daumen, dass sie sie heute endlich sehen würde.

Auch die alte Dame lächelte, denn sie spürte, dass sie an diesem Tage Erfolg haben würde. Schon gestern hatten die Oberflächen einiger Steine beinahe das schwindende Wasser durchbrochen, aber noch hatte das flüssige Element sie nicht preisgegeben. Ein weiterer glühender Tag und eine darauffolgende heiße Nacht würden ihr

Übriges getan haben. Heute würde sie sie sehen: Die Hungersteine!

Diese Steine, die auf dem Grund der Elbe lagen und nur bei extremem Niedrigwasser zu sehen waren. Die nicht sehr schön waren und dennoch so besonders. Die man so nannte, weil große Dürren in früheren Jahrhunderten eben auch schreckliche Hungersnöte für die Menschen bedeuteten. Gab der Fluss die Steine preis, war das Elend groß. Aber das verband die alte Dame mit den Hungersteinen nicht vorrangig. Sie sah nur den Ort, an dem sich ihre Eltern kennen und lieben gelernt hatten. Erst zehn Jahre waren die beiden da gewesen, im Jahr 1904, als sich die Westerhüsener Hungersteine das letzte Mal gezeigt hatten. Kinder noch, aber trotzdem verbunden seit jenem Tage durch ein unsichtbares Band, das nur die große und wahre Liebe hervorbringen konnte. Und diese Liebe hatte sie durch ein langes, nicht immer einfaches Leben getragen. Durch zwei Kriege, durch lange Jahre ohne Freiheit in der Deutschen Demokratischen Republik und schließlich durch Alter und Tod.

Oft hatte die Mutter von dem magischen Moment bei den Hungersteinen gesprochen. Der Elbstrand wäre von Menschen übervölkert gewesen, die Abkühlung von der Hitze gesucht hätten oder einen Blick auf die seltene Erscheinung werfen wollten. Aber die zwei, die damals noch so blutjung gewesen waren, hätten nur sich gesehen, als wären sie ganz allein auf der Welt.

Der Bus hielt und die alte Dame erwachte aus ihren Tagträumen. Etwas ungelenk stieg sie aus, mit den wohlwollenden Blicken des Busfahrers im Nacken und mit der Zuversicht, dass sie heute nicht umsonst hierhergekommen war. Und tatsächlich, als sie sich dem Ufer der Elbe näherte, sah sie die Steine schon blitzen. Sie blendeten sie geradezu und das, obwohl die Sonne doch erst vor kurzem aufgegangen war. Schützend hob sie ihre Hand vor die Augen. Es dauerte einige Momente, bis sie begriff.

Nicht die Steine hatten das Licht der frühen Stunde reflektiert, sondern …

Eine grauenvolle Erkenntnis brach sich Bahn im Kopf der alten Dame. Ihr Mund öffnete sich, aber kein Schrei konnte ihm entweichen. Zu schrecklich war das, was sie dort sah.

Kapitel 2

Angermünde, Januar 2015

Er sah noch immer so verdammt gut aus. Besser als ein Mann eigentlich aussehen sollte, denn war es nicht gerade das Kantige, das Kernige, das Unebene, das aus einem Mann einen richtigen Kerl machte? Und das war ihr Herzblatt nicht wirklich: kantig, kernig und uneben. Es war jetzt allerdings auch nicht so, dass er makellos schön war. Da war zum Beispiel diese markante Narbe auf seiner Stirn, die ein Andenken an seine Zeit als künftiger Eishockeystar Deutschlands war. Nun, es war bei dem »künftig« geblieben, aber das spielte ja heute zum Glück keine Rolle mehr.

Ja, er sah immer noch so verteufelt gut aus. Ihr Tommili, ihr Spatzemuckel, ihr süßes Waschbärchen … Oh Gott, wenn der das jetzt hören würde. Er würde ihr vermutlich den Hintern versohlen. Aber im Moment hörte er ja gar nichts. Er sah sie auch nicht, nahm sie auf erschreckende Weise gar nicht mehr wahr.

Dr. Resa Mattern griff traurig nach der Glaskaraffe und schenkte sich noch ein bisschen frisch gepressten Orangensaft nach. Ganz automatisch fasste sie nach links und wischte mit einer Papierserviette den nutellaverschmierten Mund ihrer jüngsten Tochter Malin ab.

»Hopp jetzt, Fräuleinchen!«, forderte sie die junge Dame unmissverständlich auf. »Noch schnell zur Toilette, und dann geht es ab in den Kindergarten.« Die Augen des jüngsten Familienmitgliedes leuchteten prompt auf, und sie sprang mit Schwung von ihrem Stuhl, der mit lautem Gepolter zu Boden fiel.

Resa zuckte zusammen, aber außer ihr schien das keinen am Tisch zu kümmern. Ihre beiden anderen Töchter Mathilda und Merle diskutierten angestrengt über die letzte DSDS-Sendung, der mittlerweile zwölften Staffel, und ob Dieter Bohlen nun ein Fiesling war oder nicht. Ebenso lautstark versuchte ihr Sohn Maximilian Opa Gotthilf zu verklickern, warum er am Abend unbedingt noch eine Runde »Mensch-ärgere-dich-nicht« mit ihm spielen wollte.

Oje!, dachte Resa. *Ich muss dringend wieder mit Opa Gotthilf zum Ohrenarzt, das neue Hörgerät taugt ja noch weniger als das alte.* Natürlich konnte sie nicht ahnen, dass der alte Filou diese Hilfsmaschine nur in Betrieb nahm, wenn ihm auch wirklich danach war. Zu anstrengend war an manchen Tagen das Leben mit dieser verrückten Familie. Wobei er die Matterns auch nicht mehr missen wollte.

Jahrelang hatte er in Berlin im selben Haus wie Tom Mattern gelebt, genauer gesagt in der Wohnung unter ihm, zu einer Zeit, als dieser noch geglaubt hatte, dass es zu schade wäre, mit seinem Körper lediglich einer »Einzigen« zu huldigen. Mit Graus dachte Gotthilf daran zurück, denn der junge Mann hatte die Frauen wie seine Hemden gewechselt und sie alles andere als gut behandelt. Und das als Oberarzt des Marienkrankenhauses. Andersrum wollte er sich nicht beklagen, denn auch schon damals hatte Tom sich rührend um ihn gekümmert.

Was er ihm gedankt hatte, als Resa auf der Bildfläche erschien. Mehr als einmal hatte er dem Jüngeren in den Hintern getreten, dass er sich diese Schönheit schnappen sollte, und zum Glück hatte er das dann ja auch getan. Als die beiden heirateten und sich zunächst ein Haus in Charlottenburg kauften, hatte Gotthilf gedacht, dass er von nun an alleine klar kommen müsse, aber davon hatten die beiden nichts wissen wollen. Und so war er zu ihnen gezogen, war ihnen letztendlich auch in die Uckermark gefolgt, wo er das Leben inmitten dieser großen Familie sehr genoss. Nur manchmal, wenn der Trubel zu arg war, dann schaltete er eben sein Hörgerät aus. So wie jetzt! Denn über eine körpereigene »Wenn's mir zu bunt wird, klink ich mich aus dem Geschehen aus«-Technik, wie Dr. Tom Mattern sie beherrschte, verfügte Gotthilf nun mal nicht. Die hatte dieser nämlich auch im Moment wieder aktiviert. Er saß mucksmäuschenstill am Tisch, seine Augen auf die Schlagzeilen der Lokalzeitung gerichtet, so, als würde er hochkonzentriert die Neuigkeiten des vergangenen Tages in sich aufsaugen. Das Tamtam um ihn herum schien ihn nicht im Geringsten zu stören. Und auch nicht die Blicke seiner Frau, die ihn immer noch anschaute, nein anstarrte.

Ja, wirklich!, dachte Resa in diesem Moment zum wiederholten Male. *Er sieht immer noch bombastisch aus ... selbst mit den grauen Schläfen. Aber die darf ein Mann mit zweiundvierzig Jahren schließlich auch haben.* Resa hätte ihn sicher noch weiter angehimmelt, doch dann bemerkte sie, dass ihr Mann gar nicht in die Zeitung vertieft war, sondern dass er gedanklich meilenweit weg war. Schon wieder!

Das sanfte Lächeln, das noch eben auf Resas Gesicht gelegen hatte, verschwand und machte wieder einer tiefen Traurigkeit Platz, wie so oft in den vergangenen Wochen. Sie stand auf und folgte ihrer Tochter Malin, denn es war jetzt wirklich allerhöchste Eisenbahn für den Kindergarten. Als sie zwei Minuten später in die Küche zurückkamen, war Tom schon weg. Zwar nur eine Etage tiefer in die gemeinsame Praxis, aber früher wäre es niemals vorgekommen, dass er ohne Gruß, ohne einen

Kuss gegangen wäre. Resas Augen schimmerten feucht, während sie ihrer Jüngsten in die Jacke half. Das blieb auch Gotthilf Schnaller nicht verborgen, denn mochten seine Ohren auch nicht mehr die besten sein, seine Augen funktionierten noch recht gut.

»Was ist los, Mädchen?«, brummte er scheinbar mürrisch, was jedoch nur seine Besorgnis verbergen sollte. Resa gab Malin einen Stups. »Lauf schon zum Auto, Kleines, wir kommen gleich!«

Nachdem sie auch ihre anderen Kinder hinausgescheucht hatte, wandte sie sich mit bedrückter Miene zu ihrem so liebgewonnenen Mitbewohner: »Ich weiß es nicht, Opa Gotthilf.«, sagte sie leise. »Irgendetwas stimmt nicht! Ich glaube, Tom … , also ich glaube, dass er mich betrügt.«

Kapitel 3

Wiesbaden, Januar 2015

Der widerliche Nachgeschmack einer durchzechten Nacht lag auf seiner Zunge wie eine Schicht luftundurchlässiger Sahara-Sand nach einem menschenverachtenden Wüstensturm. Er hatte das einfach mal gebraucht. Das Abschalten des Gehirns, das Eintauchen in eine sorglose Welt.

Seit Wochen, seit Monaten schlug er sich nun schon mit diesen menschlichen Untiefen herum, und nie zuvor hatte er seinen Job so sehr gehasst wie in diesen Tagen. Polizeihauptkommissar Friedhelm Schnaller erhob sich schwerfällig aus dem alten Schreibtischsessel, der wahrlich schon bessere Tage gesehen hatte und schlurfte zu dem Waschbecken in der Ecke seines Büros. Er drehte den Hahn auf und ließ eine Zeit lang eiskaltes Wasser über seine Handgelenke rieseln, bevor er ein nicht mehr ganz sauberes Glas mit dem kühlen Nass befüllte und mit zu seinem Schreibtisch herübernahm.

Ratlos starrte er auf die sieben Akten, die dort lagen, bevor sein Blick ebenso ratlos auf die sieben Stellwände gegenüber der Fensterfront fiel. Stellwände, die über und über behangen waren. Mit Landkarten, mit Lageplänen, aber vor allem mit Bildern, wie sie furchtbarer gar nicht sein konnten. Bilder, die zeigten, dass das Böse präsent war. Immer! Manchmal stark, manchmal eher verborgen. Doch in diesem Fall, stellte sich PHK Schnaller diese Frage nicht. Es war ihm, als würde er direkt in das Antlitz Satans blicken. Nie zuvor in seiner doch jetzt recht langen Laufbahn hatte er etwas Schrecklicheres erlebt. So schlimm, dass er von Zeit zu Zeit sogar den Polizeipsychologen aufsuchen musste, etwas, was ihm vorher noch nie in den Sinn gekommen war.

    Müde ließ er sich wieder in seinen alten Stuhl fallen. Er nahm die erste Akte in die Hand. Irgendetwas musste er doch übersehen haben. Es gab schon etwas, das die Opfer verband, zum Beispiel, dass sie alle weiblich waren, aber die entscheidende Gemeinsamkeit, die hatte er noch nicht entdeckt und somit leider bislang kein konkretes Motiv. Es gab nicht den Hauch einer Spur zu dem, der dies alles zu verantworten hatte. Es nützte nichts, er würde wieder von vorne anfangen, wie damals, als das Bundeskriminalamt in Wiesbaden die drei ersten Taten des vermeintlichen Serienmörders auf den Tisch bekommen hatte.

    Friedhelm Schnaller schlug die erste Akte auf. Die, welche die Soko »Hungersteine«, die genau wie die Sokos der anderen Mordfälle mittlerweile in der Soko »Zettel«

aufgegangen war, vor sieben Monaten in Magdeburg zusammengestellt hatte, und der er und die ihm unterstellten vierzig weiteren Ermittler bislang nur wenig hatten hinzufügen können.

Eine halbe Stunde später klappte er die Akte entnervt wieder zu. Was hatte er geglaubt hier noch entdecken zu können? Wo er dieses verdammte Pamphlet doch schon in- und auswendig kannte. Er nahm einen tiefen Schluck aus seinem Wasserglas, erhob sich erneut von seinem Stuhl und ging die paar Schritte zu der Tafel, auf der die Bilder dieses ersten Falls zu sehen waren.

Simone Sander, gerade erst siebenundzwanzig Jahre jung, war am frühen Morgen des 24. Juli 2014 von einer alten Dame auf den freiliegenden Hungersteinen in der Elbe in Magdeburg/Westerhuisen aufgefunden worden, wo der Leichnam angeschwemmt worden war. Die Tote musste zu diesem Zeitpunkt schon mehrere Tage im Wasser gewesen sein, denn sie war so entstellt, dass eine direkte Identifizierung unmöglich gewesen war. Am Körper hatte sie nichts weiter getragen als eine silberfarbene Bluse, die allerdings weit geöffnet war und einen grausigen Anblick preisgab, so schlimm, dass die alte Dame mit einem schweren Schock in ein Krankenhaus gebracht werden musste. Papiere hatte die Tote keine bei sich gehabt. Die Soko »Hungersteine« hatte dann auf

Grund der umfangreichen Berichterstattung durch die Presse, aber auch anhand der aktuellen Vermissten-Meldungen relativ schnell feststellen können, um wen es sich bei der Ermordeten handelte.

Das Opfer war sechs Tage zuvor nach dem Besuch einer Diskothek in Dresden verschwunden. Ihr Lebensgefährte, der an diesem Abend einem beruflichen Termin nachgegangen war, hatte am nächsten Tag eine Vermissten-Anzeige aufgegeben. Wie so oft in solchen Fällen, hatte die Polizei zunächst eher abwartend reagiert. Das änderte sich freilich nach dem 24. Juli.

Die Obduktion des Opfers erbrachte so gut wie nichts, zumindest konnte man aber eine Vergewaltigung der jungen Frau ausschließen. In den folgenden Wochen hatte man das Umfeld der Simone Sander nach Strich und Faden durchleuchtet. Die Erkenntnis daraus war gleich null. Keine Auffälligkeiten, keine Skandale. Seit Jahren hatte die Sander in einer festen Beziehung gelebt. Schon sehr bald hatte man den Lebensgefährten als Täter ausgeschlossen, denn er hatte nicht nur ein Alibi, er war auch ganz offensichtlich ein absolut gebrochener Mann, nachdem man ihm die Todesnachricht überbracht hatte. Gearbeitet hatte Simone Sander in einem Kinderhort, in dem sie nicht nur von den Kollegen hochgeschätzt, sondern von den Kindern und deren Eltern nahezu vergöttert wurde, wie man anhand der umfangreichen Trauerbekundungen festgestellt hatte.

Simone Sander hatte einen großen Freundeskreis gehabt und sich ehrenamtlich gleich in mehreren Hilfsorganisationen engagiert, darüber hinaus war sie in einer evangelischen Kirchengemeinde aktiv gewesen. Kurz und gut, es hatte sich bei der Ermordeten um einen durch und durch guten Menschen gehandelt, und sie schien ein zufälliges Opfer des Mörders gewesen zu sein. Das meinte man nach diesen ersten Ermittlungen jedenfalls.

Daran konnte und wollte Friedhelm Schnaller aber nicht glauben, denn irgendetwas wollte dieses Schwein ihm und dem Rest der Welt sagen. Hätte er sonst diese Zeichen hinterlassen? Er hatte eindeutig gewollt, dass man einen Zusammenhang zwischen seinen Taten sah. Aber warum?

Nachdenklich starrte der Polizeihauptkommissar auf eines der Bilder, die man direkt nach dem Auffinden von Simone Sander gemacht hatte. Umgehend stieg Übelkeit in ihm auf. Man hatte der jungen Frau die Kehle durchgeschnitten, doch als hätte es nicht genügt, ihr das Leben zu nehmen, war anschließend noch ihr Brustkorb geöffnet worden. Man hatte ihr das Herz herausgetrennt, nach Meinung des Pathologen mit einem eher stumpfen Gegenstand. Und dort, wo zuvor ihr wichtigstes Organ geschlagen hatte, fand man nun einen Stein. Mit einem

Papier umwickelt und in eine Plastiktüte gehüllt, so dass das Wasser der Elbe der »Nachricht« nichts hatte anhaben können.

Das Wort »leiden« hatte auf diesem Zettel gestanden. Das erste von insgesamt sieben Worten, die der Täter auf perfide Weise hinterlassen hatte. Doch das war nicht die einzige Gemeinsamkeit zwischen den Fällen. Da war auch diese seltsame Brille …

Kapitel 4

Köln, August 2014

Lucchetti dell'Amore, welch wunderbarer Brauch. Einer jener, die noch nicht Jahrhunderte alt und dadurch etwas verstaubt waren, sondern eine noch relativ neue Sitte. Die aber dennoch alle Voraussetzungen mit sich brachte, eine Tradition für die Ewigkeit zu werden. Die eigentliche Herkunft war unbekannt. Man vermutete den Ursprung in Italien, wie konnte es auch anders sein, denn dass Amor, der Gott der Liebe, sich in diesem Land immer besonders wohl gefühlt hatte, das stand ja völlig außer Frage.

Der Brauch bewegte die Menschheit so sehr, dass er schon bald Gegenstand eines Romans wurde. »Drei Meter über dem Himmel« - die Geschichte einer großen ersten Liebe und eben auch die Geschichte der Lucchetti dell'Amore, der Liebesschlösser.

Nur wenige Jahre hatte es gedauert, dass der Brauch in ganz Europa auftauchte, so auch in Deutschland. Der berühmteste Ort hierfür war die Hohenzollernbrücke in Köln. Aus dem ganzen Land kamen verliebte junge Paare in die Stadt am Rhein, um hier ihre Liebe zu verewigen. Und das taten sie in Form eines Vorhängeschlosses, auf dem ihre Initialen oder ganz einfach auch nur ein schlichtes Herz eingraviert waren. Das Schloss hingen die Verliebten an das Gitter, das den Fußgängerweg auf der Brücke von den Schienen abgrenzte, und den dazugehörigen Schlüssel warfen sie in die nassen Fluten des Rheins.

Etliche Züge fuhren tagtäglich über die Hohenzollernbrücke, und viele der Reisenden konnten neben dem ersten Blick auf den Dom auch die bunte Vielfalt an jenem Gitter entdecken. Fünfzigtausend Schlösser waren es binnen weniger Jahre geworden. Ein tonnenschweres Gewicht! So schwer, dass man sich in der Tat schon Sorgen um die Statik des Bauwerks gemacht hatte. Zum Glück vorläufig unbegründet. Nichts sprach also dagegen, diese Tradition weiter zu pflegen, denn neben den vielen Liebespärchen zogen die Liebesschlösser mittlerweile auch schaulustige Touristen an, was nicht nur den Oberbürgermeister von Köln im Herzen erfreute, soviel war klar.

In diesen nächtlichen Stunden im lauen August des sonst glutheißen Sommers des Jahres 2014 war es aber nicht der Oberbürgermeister, der sich in der Dunkelheit auf die Brücke schlich, und es waren auch keine Touristen. Na ja, das stimmte nicht ganz, denn natürlich war das junge Paar auch in die Rhein-Metropole gekommen, um etwas zu sehen von dieser wunderschönen Stadt, doch in erster Linie waren sie hier, um ihr eigenes Liebesschloss an dem Gitter der Hohenzollernbrücke zu befestigen, inmitten der vielen anderen Lucchetti dell'Amore.

Seit zwei Jahren waren sie nun zusammen. Eine wunderbare Zeit mit vielen glücklichen Momenten. Und dennoch war es ihnen so, als wenn etwas fehlte. Sie wollten ein Zeichen setzen, und da es nicht sofort ein Ehegelübde sein sollte, hatten sie die Fahrt aus der westfälischen Provinz hierher gewagt, um ihrer Liebe das i-Tüpfelchen zu verpassen.

Der junge Mann hielt sein Mädchen fest an der Hand, als sie die wenigen Schritte aus der Altstadt heraus zu der Brücke taten. Es war zwei Uhr in der Nacht, die Straßen waren zwar noch nicht völlig leer, wirkten aber dennoch in der Dunkelheit ein bisschen gespenstisch. Das Paar rückte enger zusammen.

»Schau dir all diese Schlösser an!«, flüsterte das Mädchen. »So viele Geschichten könnten sie erzählen.«

»Und bald erzählen sie auch noch unsere«, erwiderte ihr Freund mit einem schelmischen Lächeln auf dem Gesicht und drückte ihr einen feuchten Kuss auf die Lippen.

Langsam schritten die beiden am Gitter entlang auf der Suche nach einem geeigneten Platz für ihr Schloss.

Plötzlich sahen sie in fünf bis sechs Metern Entfernung einen Schuhkarton am Boden stehen.

»Nanu!«, wunderte sich der junge Mann. »Hat da jemand seine Einkäufe verloren?«

Irritiert drehte er sich um, denn seine Freundin war plötzlich stehen geblieben. Als er in ihr Gesicht sah, gefror ihm das Blut in den Adern. Denn in ihren Augen erblickte er ein Entsetzen, wie er es noch nie zuvor bei ihr gesehen hatte, nein, wie er es noch niemals bei überhaupt irgendeinem Menschen wahrgenommen hatte. Ihr erstarrter Blick fixierte einen Punkt hinter ihm. Langsam, voller Furcht vor dem, was ihn erwartete, drehte er sich wieder um.

Er sah den Schuhkarton. Pinkfarben mit hellrosa Herzen darauf. Wahrscheinlich waren Kinderschuhe darin, aber bestimmt nichts, wovor man sich fürchten musste. Dass er sich diesbezüglich irrte, wurde ihm klar, als sein Blick über das Gitter oberhalb des Kartons streifte. Schlagartig drückten seine Augen das gleiche Entsetzen aus wie die seiner Freundin. Er versuchte, seinen Blick noch mal neu zu fokussieren, kniff die Augen zusammen, wollte nicht sehen, was doch offensichtlich war, … denn an dem Gitter hing eine Hand. Eine Hand mit einer seltsam unnatürlichen Färbung, was aber bestimmt nicht an den Außentemperaturen dieser lauen Sommernacht lag.

Nein, es lag wohl eher daran, dass sie dort alleine hing - abgetrennt von dem Körper, zu dem sie mal gehört hatte.

Kapitel 5

Angermünde, Januar 2015

Dr. Tom Mattern reckte und streckte sich und dehnte seinen Rücken mehrmals durch. Kinder, das war mal wieder ein Vormittag gewesen. Halb Angermünde schien grippekrank zu sein. Kein Wunder bei diesem scheußlichen, nasskalten Schneewetter, das sich mit widerlicher Aufdringlichkeit durch die Gebeine eines Jeden fraß. Und als wenn das noch nicht genug wäre, so gab es zurzeit auch noch eine Windpocken-Epidemie, die Dutzende von besorgten Müttern mit ihren kleinen blasenübersäten Wadenbeißern in seine Praxis getrieben hatte.

Toms Gedanken schweiften ab und ganz sachte, fast unbemerkt legte sich ein sanftes Lächeln auf sein Gesicht, denn unwillkürlich musste er daran denken, wie vor zehn Jahren auch er der Windpockenerkrankung zum Opfer gefallen war. Jedenfalls hatte das seine Süße gedacht….in der Nacht, in der er ihr zum ersten Mal gestanden hatte, dass er sie liebte. Sie waren sich so nah gewesen wie nie zuvor. Bis Madame die Bläschen entdeckt hatte, die sich auf seinem Luxuskörper breitgemacht hatten. Diese verflixten Windpocken, die sich bald darauf als eine harmlose Ananas-Allergie zu erkennen gegeben hatten, hatten ihn um seinen ersten Sex mit Resa gebracht. Also um den ersten in ihrer gerade frischen Beziehung. Ein gottverdammter Schlupfendreck war das gewesen.

Aber egal, hatte dann ja irgendwann doch geklappt und das Versäumte hatten sie mehr als intensiv nachgeholt. Ach Resa! Genauso schnell wie das Lächeln gekommen war, ging es auch wieder, und seine Stirn legte sich in tiefe Falten. Er hatte keine Ahnung, wie er ihr das sagen sollte. Das, was nun schon seit Wochen wie zentnerschweres Gestein auf seinen Magen drückte.

Er sah auf die Uhr. Es war Mittag durch und den letzten Patienten der morgendlichen Sprechstunde hatte er zum Glück vor einer Viertelstunde verabschiedet. Bevor er nach oben ging in die heimelige Wohnung der Familie, um seinen freien Nachmittag mit seinen Lieben zu genießen, wollte er noch die Karteikarten der heutigen Patienten vervollständigen, denn am nächsten Tag, an dem er für Hausbesuche unterwegs war, würde seine Frau den Praxisdienst übernehmen, und da musste alles sein Ordnung haben. Denn so chaotisch Resa auch im sonstigen Leben sein konnte, die Praxis musste schier sein, sonst gab es Ärger.

Tom beschloss, sich aus dem Automaten in der kleinen Teeküche neben der Anmeldung einen Kaffee zu holen, bevor er die restliche Arbeit des Tages in Angriff nahm. Mit Elan schritt er durch sein Büro, öffnete die Tür zur Anmeldung und fand sich Sekunden, nachdem er sie betreten hatte, auf dem glänzenden Parkett der selbigen wieder. Mit lautem Getöse war der Mann darnieder gegangen. Ein Vorgang, der nicht annähend etwas mit Eleganz zu tun gehabt hatte. Im Gegenteil!

Der Arzt ahnte, dass er das Opfer eines böswilligen Angriffs geworden war. Hatte ihm doch glatt jemand ein Bein gestellt. Wutschnaubend richtete er sich halbwegs auf, in der festen Überzeugung, gleich in das Gesicht seines Sohnes zu blicken, der manchmal nicht wusste, wohin mit dem ganzen Schabernack, den sein Hirn produzierte. Aber es war nicht Max, der dort triumphierend über ihm stand und auf ihn herabschaute. Es war Gotthilf Schnaller, dessen Miene nichts Gutes verhieß.

»Boah, Gotthilf«, erzürnte sich Tom. »Was soll denn der Scheiß, ich hätte mir den Hals brechen können.«

Der alte Mann schaute ihn wütend an. »Umso besser!«, motzte er los. »Dann hätte ich mir wenigstens nicht mehr die Hände an dir schmutzig machen müssen.«

Du lieber Himmel!, dachte Tom. *Jetzt passiert es! Der Schnaller verliert den Verstand.* Er rappelte sich auf und rieb sich die schmerzende Hüfte, auf die er geknallt war.

»Hey, jetzt mal ganz sachte!«, versuchte er den aufgebrachten Mitbewohner zu besänftigen. »Was habe ich denn so Schlimmes verbrochen, dass du mir nach dem Leben trachtest?«

Gotthilf Schnaller dachte nicht im Traum daran, sich zu beruhigen. »Was du getan hast?«, schnaubte er wie eine alte Dampflok. »Eigentlich hatte ich gedacht, dass du schon vor Jahren begriffen hast, welchen Schatz du an deiner Seite hast, was für eine wunderbare Frau Resa ist. Aber was tust du? Hast nichts Besseres zu tun, als deinen jämmerlichen Wurm in irgendeine dahergelaufene Tussi zu stecken und deine Frau mal wieder zu verletzen. Du bist und bleibst eine Ratte, Mattern!«

Tom traute seinen Ohren nicht. Was zum Teufel redete der Mann da für einen Schwachsinn? Der Arzt fühlte eine ungeheure Wut in sich aufsteigen.

»Also erstens, mein lieber Schnaller«, begann er mit gefährlich ruhiger Stimme. »Wenn du mit dem jämmerlichen Wurm mein durchaus sehr prächtiges, manche würden sagen, absolut erstaunliches Geschlechtsteil meinst, dann kann ich dir versichern, dass Selbiges seit zehn Jahren nur noch eine Dame beglückt. Die nämlich, die ich über alles liebe, die meinen Namen trägt und die meine Kinder zur Welt gebracht hat. Ich habe sie verletzt, damals in der Vergangenheit, und ich habe geschworen, dass ich das nie wieder tun werde. Daran halte ich mich bis heute, und das wird sich auch nicht ändern. Bis zu dem Tag, an dem ich das Luftholen einstelle! Hast du das verstanden, oder muss ich dir das in deinen scheinbar übelst verkalkten Kopf reinprügeln? Und jetzt sag' mir bitte mal, wie du auf diesen Schwachsinn kommst?«

Seine energische Rede verfehlte ihre Wirkung nicht. Etwas pikiert senkte Gotthilf Schnaller den Kopf, denn instinktiv wusste er, dass Tom die Wahrheit sagte.

»Resa«, erwiderte er leise. »Sie glaubt, dass du sie betrügst.«

Es hätte nicht weher tun können, wenn Wladimir Klitschko ihm in den Magen geboxt hätte. Tom klappte innerlich völlig zusammen. Was bitte dachte Resa? Aber warum? Warum zur Hölle konnte sie so etwas Ungeheuerliches in Erwägung ziehen? Fassungslos raufte er sich die Haare. Opa Gotthilf sah, was dem jüngeren Mann durch den Kopf ging.

»Du redest schon seit Wochen kaum noch mit ihr«, erklärte er. »Und sie sagt, dass du sie scheinbar nicht mehr begehrenswert findest, weil … weil du sie nicht mehr anfasst.«

Toms Fassungslosigkeit wich einem erneut aufkeimenden Zorn. Ja tickte die denn noch ganz sauber?

»Bitte?« brauste er auf. »Das stimmt doch gar nicht, wir haben doch erst noch vor ...«

Im selben Moment wurde ihm klar, wie lange es tatsächlich her war, dass er und Resa ... Er verstummte.

Der alte Schnaller hatte es ebenso verstanden und schüttelte ungläubig den Kopf. »Mein Junge, ich glaube, du hast es selbst gemerkt, nicht wahr? Ich kenne euch nun schon so lange, und eines ist gewiss. Wenn Tom Mattern seiner Resa über Tage und Wochen hinweg von der Wäsche bleibt, dann ist doch ganz gewaltig etwas im Busch. Also spuck es schon aus!«

Betreten sah Tom ihn an. »Verdammt, Gotthilf!«, stieß er verzweifelt aus. »Ich kann es ihr nicht sagen. Ich kann es einfach nicht, und ich darf es auch nicht!«

Kapitel 6

Wiesbaden, Januar 2015

Friedhelm Schnaller schaute angestrengt in die Runde. Nachdem er in den vergangenen Stunden jede einzelne dieser verfluchten sieben Akten nochmals durchgeackert hatte, und er seitdem nicht einen Nanometer an Erkenntnis reicher geworden war, hatte er die Chefermittler der vierzigköpfigen Sonderkommission um sich geschart, in der Hoffnung, dass einer von ihnen ein wenig heller war als er selbst und eventuell eine Idee hatte, und wenn sie noch so klein war.

Die sechs besten Kriminalbeamten Deutschlands saßen hier am Tisch. Spezialisten auf ihren Gebieten, egal ob es darum ging, Tatorte bis auf das kleinste Detail auseinanderzunehmen oder Selbiges mit der Psyche eines imaginären Täters zu tun. Das alles mit dem Ziel den »realen« möglichst schnell dingfest zu machen. Ein Psychologe und der »Forensik-Papst« des Landes fehlten in diesem inneren Zirkel der Soko »Zettel« ebenso nicht wie ein Experte für Ritualmorde. Dazu neben Schnaller zwei weitere erfahrene und gewiefte Tatortermittler, doch im Grunde genommen war ihre allergrößte Spezifikation ihre langjährige Erfahrung und ihre grandiosen Spürnasen, die sie schon oft erfolgreich hatten zusammenarbeiten lassen, wenn es um die Aufklärung eines bundesweiten Verbrechens ging. Nur nutzte das alles im Moment rein gar nichts. Es herrschte eine große Ratlosigkeit bei den sonst so wortgewandten und erfahrenen Polizisten.

»Okay!«, seufzte Schnaller. »Irgendetwas muss doch da sein. Etwas, das uns in die richtige Richtung denken lässt. Alfi, was meinst du?«

Der Angesprochene zuckte zusammen. Alfi, besser gesagt Polizeioberkommissar Richard Alfhausen, war der Chefprofiler der Soko. In früheren Zeiten war dessen Berufsbezeichnung »Fallanalytiker« gewesen, aber der Fingerabdruck der Globalisierung und die damit verbundene Ausweitung von Anglizismen gingen nun mal auch nicht am deutschen Polizeiwesen vorbei.

»Alfi!«, sprach Schnaller seinen Kollegen erneut an. »Du hast doch sonst noch immer etwas in petto.«

POK Alfhausen zuckte ratlos mit den Schultern und zeigte auf die Akte 2, die vor ihm lag.

»Sorry, Mann!«, stieß er resigniert hervor. »Das Einzige, was mir da im Moment einfällt, ist, dass ich dieses widerliche Dreckschwein am liebsten an den Eiern auf dem Marktplatz aufhängen würde. Ich bitte dich! Wie kann man so krank sein und eine alte Nonne erwürgen, ihr die Hände abhacken, um diese dann zwischen Tausenden von

Liebesschlössern zu positionieren? Ich könnte echt kotzen.«

Schnaller sah ihn mahnend an. »Ja Mensch, das könnten wir alle«!, erwiderte er streng. »Aber dazu sind wir nicht hier. Nicht um zu kotzen und auch nicht um zu richten! Unsere Aufgabe ist es, den Täter oder die Täterin zu finden. Jede noch so kleine Spur könnte uns weiterbringen. Aber gut, schauen wir uns noch mal diesen zweiten Fall an:

Schwester Agnes Nadorff, zweiundsechzig Jahre alt, Benediktinerin. War über dreißig Jahre in der Bahnhofsmission in der Suppenküche tätig. Am Abend ihrer Ermordung besuchte sie einen Vortrag über ›Das Leben und Wirken des Franz von Assisi‹ in der St. Gereonkirche. Danach machte sie sich mit einer weiteren Ordensschwester auf den Heimweg in ihr Kloster in der Südstadt Kölns. Als ihr kurz darauf auffiel, dass sie ihren Rosenkranz vermisste, wollte sie nochmals den Weg zur Gereonkirche abschreiten. Sie ging allein. Das war um einundzwanzig Uhr. Als sie um Mitternacht noch immer nicht ins Kloster zurückgekehrt war, schlugen ihre Mitschwestern Alarm.

Man fand ihre Leiche - sie wurde mit einem Kabel erwürgt - im Morgengrauen in einem Gebüsch am Rheinufer, nachdem ein junges Pärchen eine der abgetrennten Hände Stunden zuvor am Gitter der Hohenzollernbrücke entdeckt hat. Die andere Hand befand sich am gleichen Ort, allerdings in einem rosa Schuhkarton abgelegt. Darin befand sich auch ein Zettel, auf dem das Wort ›diese‹ geschrieben stand. Da die Leiche in Magdeburg auch eine vergleichbare Nachricht dabei hatte und ebenso die fünf weiteren Opfer, gibt es keinen Zweifel daran, dass der Täter dieses getan hat, um etwas mitzuteilen. Zwar konnten wir aus den sieben Worten mittlerweile einen schlüssigen Satz bilden, aber der hilft uns, wie ihr wisst, noch nicht wirklich weiter.

Genauso wenig ist bislang nachzuvollziehen, warum jedes der Opfer diese komische Brille aufgesetzt bekam. Aber da das bei allen der Fall war, muss auch das etwas zu bedeuten haben. Mehr Gemeinsamkeiten sehe ich augenblicklich beim besten Willen nicht. Ist jemand anderer Meinung?«

Er blickte um sich und stellte erstaunt fest, dass Silke Bacher aufgeregt nickte. Die junge Frau, übrigens die einzige Dame in der illustren Runde, hatte gerade die Polizeischule abgeschlossen und hospitierte bei der Soko »Zettel«. Allerdings war ihre Hauptfunktion die einer Protokollführerin und genau deswegen saß sie jetzt auch hier inmitten dieser Heiligkeiten, keineswegs dazu auserkoren, das Wort zu erheben, und sei es auch nur, um die Uhrzeit anzugeben.

»Ja?«, schnauzte Friedhelm Schnaller daher auch sehr ungehalten, so dass die junge Frau für einen kurzen Moment erbleichte.

Doch dann holte sie tief Luft und antwortete mutig: »Also, ich habe heute in der Mittagspause die erste Akte durchgesehen, und da ist mir etwas aufgefallen. Es war zwar nur eine kleine Zusatznotiz, aber ich dachte, vielleicht verbirgt sich ja etwas dahinter. Dann habe ich geschaut, ob auch bei dem zweiten Mord etwas Vergleichbares festzustellen ist und Bingo, es ist so!«

Sie zeigte freudestrahlend auf verschiedene Zeitungsausschnitte, die vor ihr lagen und erläuterte den Herren, auf was sie da gestoßen war. Es dauerte nicht lange und sie konnte einen Hauch von Respekt verspüren. Dieses Gefühl tat ihr gut, sehr gut sogar.

Kapitel 7

Angermünde, Januar 2015

Wo blieb Tom nur? Die Vormittagssprechstunde war sicher längst beendet, und eigentlich hatte er seinen freien Nachmittag doch mit ihr und den Kindern verbringen wollen. Dr. Resa Mattern stand am Fenster ihres Schlafzimmers und sah hinunter in den weitläufigen Garten ihres rotgestrichenen Schwedenhäuschens. Nein, Häuschen traf es eigentlich nicht so richtig, denn das Haus war schon sehr groß, anders könnte es neben der Praxis ihre riesige Familie auch kaum beherbergen.

Ein sanftes Lächeln erhellte das Gesicht der blonden Frau, als sie ihre vier Sprösslinge, die da unten im Schnee herumtobten, beobachtete. Herrje, diese Rabauken waren schon so groß. Mathilda oder Mathi, wie sie gerufen wurde, war jetzt neun Jahre alt, eine richtige Dame schon und natürlich hatte sie eine Vorliebe ihrer Mutter geerbt, nämlich am liebsten die ganze Welt in rosa einzufärben. Und so hatte ihr Schneeanzug eben genau diese Farbe, was zu ihren langen blonden Haaren einfach wunderbar aussah. Ja, man konnte es nicht verhehlen, Mathilda

Mattern war ohne Zweifel die Miniaturausgabe ihrer Mutter.

Im Gegenzug war der achtjährige Max ein genaues Abbild seines Vaters, worauf er auch sehr stolz war. Nur dass ihm die braunen Haare und die grünen Augen des Seniors unlängst nicht mehr genügt hatten, und er partout ebenfalls eine signifikante Narbe sein Eigen nennen wollte. Wozu er seine Stirn selbst mit einem Baseballschläger behandelt und es tatsächlich geschafft hatte, sich eigenhändig eine klaffende Platzwunde beizufügen. Spätestens da stand für Resa fest, dass dieser junge Mann sie wohl ebenso viele Nerven kosten würde, wie dessen Erzeuger es seit eh und je tat.

Merle, die zweite Tochter des Ehepaares, die sechs Jahre alt war, war sowohl im Aussehen als auch charakterlich eine gekonnte Mischung ihrer Eltern. Von allen vier Kindern war sie das ruhigste und spielte auch gerne mal für sich allein, so wie auch jetzt, als sie sich ihren eigenen kunstvollen Schneemann baute, während ihre Geschwister laut herumtollten und Schneeballgeschosse aufeinander abfeuerten. Und wer war darin geradezu perfekt?

Natürlich die Kleine, Malin. Dass sie gerade erst ihren vierten Geburtstag gefeiert hatte, darauf wäre niemand gekommen, denn sie strahlte eine unglaubliche Energie aus und sie dominierte die Geschwisterschar auf manchmal geradezu freche Art und Weise. Resa war das einerseits ein großer Dorn im Auge, andersrum konnte sie der Kleinen deswegen auch nicht zürnen, zu sehr hatte sie sich in der Vergangenheit gesorgt um sie, damals, als die Maus viel zu früh zur Welt gekommen war, nachdem sie, Resa, die Treppe hinuntergefallen war. Weil sie nicht aufgepasst hatte ... weil sie wieder einmal tollpatschig gewesen war.

Resa drehte sich vom Fenster weg und schritt zu dem riesigen Wandspiegel. Nachdenklich strich sie sich über ihre Haare. Nach dem Unglück hatte man sie wegen der nötig gewordenen Operation am Kopf komplett abschneiden müssen. Zum Glück waren sie schnell wieder nachgewachsen und heute ebenso lang wie vor dem Unfall. Eigentlich sahen sie sogar noch schöner und leuchtender aus, was wohl aber auch dem Umstand geschuldet war, dass sie schon seit einiger Zeit mit ein bisschen Tönung nachhalf, um die sich langsam einschleichenden grauen Haare kunstvoll abzudecken.

Resa studierte eindringlich ihr Spiegelbild. Ja sicher, sie war mittlerweile vierzig Jahre alt und ja, sie hatte vier Kinder zu Welt gebracht. Hinzu kam die nervenaufreibende Zeit, bevor sie endlich mit Tom zusammengekommen war und dann noch mal die grausamen Monate, als er sie zum Teufel gejagt hatte. Sie kräuselte die Stirn. Dieser Vollidiot hatte ihr damals weismachen wollen, dass sie ihm nichts bedeuten würde, und dass er längst eine Andere am Start hatte. Und warum das alles? Weil ihn seine Beziehungsängste mit voller Wucht wiedereingeholt hatten. Doch statt mit ihr zu reden, war er vor ihr davongelaufen. Nur dass es ihm nichts genutzt hatte. Sie hatte nicht aufgegeben und letztendlich hatte sie diesen sturen Kerl endgültig eingefangen. Das mit der anderen Frau hatte sie ihm damals nicht eine Sekunde lang abgenommen. Was die momentane Situation betraf, war sie sich da längst nicht so sicher.

Resa musterte ihre Figur. Nach all dieser Zeit war sie noch immer eine ansehnliche Frau. Sie wog sogar drei Kilo weniger als vor zehn Jahren, kein Wunder, wenn man täglich zig Kilometer hinter einem vierköpfigen Hyänenrudel herturnen musste. Das war mit Abstand die effektivste Diät, die man machen konnte. Also nein, an ihrem Aussehen konnte es doch nicht liegen. Oder doch? »Verdammt Tom!«, flüsterte sie, während sich ihre Augen mal wieder mit Tränen füllten. »Wann hast du aufgehört, mich zu begehren? … Wann hast du aufgehört, mich zu lieben?«

So sehr sie auch grübelte, sie konnte keine Antwort finden. Doch sie hatte nicht vor, sich einfach so geschlagen zu geben. Nein, sie hatte sogar die Pflicht zu kämpfen. Für sich und auch für die vier Zwerge da unten.

»So leicht werde ich es dir nicht machen, Tom Mattern!«, stieß sie mit fester Stimme hervor und wischte mit dem Handrücken die Tränen von ihren Wangen. Entschlossen drehte sie sich um und schritt zum Kleiderschrank.

Kapitel 8

Osnabrück, September 2014

Horst Schulze war seit dreißig Jahren Lehrer, neunundzwanzig davon an einer Grundschule in einem verschlafenen Nest im Norden des Emslandes, das mindestens genauso langweilig war wie sein Name, ach, eigentlich wie er selbst als ganze Person. Horst Schulze wusste das, aber ihm fehlte schon lange die Kraft, das noch zu ändern. Wohl auch ein Grund, warum ihn seine Frau kurz nach der Silberhochzeit verlassen hatte. Er hatte das hingenommen, wie alles in seinem verdammten Spießerleben.

Drei Jahre war das nun auch schon wieder her, und seitdem war alles so gewesen wie immer. Jahr aus Jahr ein beschäftigte er sich mit diesen nervtötenden Blagen, brachte ihnen mit wenig Enthusiasmus das bei, was der Lehrplan ihm vorgab. Erfüllte seine Pflicht, nicht mehr, aber auch nicht weniger als das.

Und so war er an diesem Morgen, wie in jedem Jahr zu Beginn des Schuljahres, mit der 3. Klasse nach Osnabrück aufgebrochen. Neben Münster war Osnabrück Schauplatz des Westfälischen Friedens von 1648, der einen dreißigjährigen Kampf in der Mitte Europas eigentlich doch sehr unspektakulär beendet hatte.

Mit dem Zug waren sie am frühen Morgen aufgebrochen und nach neunzig Minuten in der Hansestadt angekommen. Seitdem hatten sie einiges gesehen. Neben dem Rathaus mit dem Friedenssaal auch den majestätischen Dom und das wunderschöne Altstadtviertel. Lehrer Schulze hatte alljährlich auch den Bucksturm auf seinem Besichtigungsplan. Dieses, von außen eher unscheinbare Gemäuer wurde Anfang des dreizehnten Jahrhunderts als Wachturm innerhalb der Stadtmauer errichtet. Während der Hexenverfolgung im sechzehnten und siebzehnten Jahrhundert diente der Bucksturm als Folterkammer. Folterinstrumente aus dieser Zeit waren zwar heute dort nicht mehr zu besichtigen, aber es gab eine reichlich illustrierte Dokumentation dieser mittelalterlichen Vorgänge zu sehen.

Lehrer Schulze genoss es in jedem Jahr aufs Neue, seinen Schützlingen ein wenig Angst einzujagen, indem er sehr detailgetreu von den Gräueln der Hexenjagd erzählte. So auch heute, als er sich nicht zügeln konnte und erst mit den Horrorgeschichten aufhörte, als eines der kleinen Mädchen anfing zu weinen. Daraufhin hatte er die Kinder aus seinem »Unterricht« entlassen und ihnen die Möglichkeit gegeben, noch ein wenig durch den

Bucksturm zu toben. Er selbst hatte sich in eine der Schießscharten des Wachturmes zurückgezogen, wo er gelangweilt auf seiner lieblos zusammengeklatschten Stulle herumkaute.

Seine Gedanken schweiften ab, und er rechnete noch mal scharf durch, wie viele Jahre noch bis zu seiner Pensionierung ins Land gehen würden. Und wie immer kam er zu dem Ergebnis, dass es zu viele waren. Ein kleiner Junge riss ihn aus seinen Überlegungen. Er war einer der schlimmsten Klugscheißer aus dieser Klasse. Ein Einzelkind, von den eigenen Eltern zu einem Wunderkind ausgerufen, dabei aber so talentfrei wie ein Lampenschirm und so nervig wie eine gemeine Scheißhausfliege.

»Was willst du, Norman?«, brummte Schulze deswegen auch mehr als ungehalten.

»Schauen Sie mal, Herr Schulze!«, antwortete der Kleine stolz und zeigte, was er in den Händen hielt. »Ich habe einen Skalp gefunden!«

Der Lehrer unterdrückte seinen Wunsch, dem Winzling barsch über den Mund zu fahren, hatte er doch wenig Lust, dessen keifender Mutter am Telefon schon wieder in den Arsch zu kriechen und um Abbitte zu flehen. Damit sie nicht zum Rektor rannte, um ihn anzuschwärzen, weil er ihren wundersamen Sprössling gemobbt habe.

»Aber Norman«, sagte er deswegen scheinbar milde. »Skalps, die gab es doch nur bei den Indianern, aber ganz sicher nicht in Osnabrück. Wo hast du das eigentlich her?« Er musterte das, was sein Schüler in den Händen hielt. Sah irgendwie schon aus wie eine Perücke, aber wie zum Teufel sollte die hierherkommen?

»Es lag dort hinten in der dunklen Ecke«, antwortete der Junge wahrheitsgemäß und hielt seinen Fund triumphierend in die Höhe.

Mit einer kurzen Handbewegung deutete Schulze, ihm das Teil zu geben, was Norman nur sehr widerwillig tat. Als der Lehrer in die langen, blonden Strähnen der vermeintlichen Perücke griff, beschlich ihn gleich ein seltsames Gefühl.

Er schaute sich das Objekt näher an. Schlagartig verlor sein Gesicht jegliche Farbe, und er fing an zu taumeln. Aus einem Impuls heraus schleuderte er das haarige Etwas auf den Boden, was den kleinen Norman vor Schreck aufschreien ließ. Dann aber sah Schulze, dass in der Mähne zwei Zettel mit Klebestreifen befestigt waren. Er rieb sich seinen rebellierenden Magen und beugte sich zu dem, was in der Tat echte menschliche Haare waren. Hängend an echter menschlicher Kopfhaut.

Der Lehrer biss sich auf die Lippen, zerrte die Zettel aus der Mähne und entrollte sie. Auf dem einen stand »in«, auf dem anderen »Der Rest ist da, wo er hingehört! Auf dem Friedhof!«

Horst Schulze hatte noch nicht mal zu Ende gelesen, als sich seine kurz zuvor zerkaute und verschluckte Frühstücksstulle wieder auf den Weg zurück ins Freie machte. Unter widerlichen Geräuschen und den entsetzten Blicken von fünfundzwanzig völlig verstörten Drittklässlern erbrach sich Schulze. Seine Hände ballten sich und zerknüllten die Zettel in seiner Hand. Er wünschte sich, gleiches mit dem Schrecken machen zu können, der ihn und seine Schützlinge so unvermutet an diesem Tage getroffen hatte, aber natürlich wusste er, dass das nicht möglich war.

Kapitel 9

Angermünde, Januar 2015

»Mensch Mattern, reiß dich mal zusammen!«, dachte der Mann angestrengt, als er sich stark torkelnd die leichte Anhöhe zu seinem Haus hinaufquälte und dabei immer wieder ins Straucheln geriet, denn betrunken auf eisglatten Straßen unterwegs zu sein, das war eine doppelte Herausforderung, und diese war für den guten Dr. Mattern am heutigen Abend ganz sicher eine Nummer zu groß. Verdammt, das alles war doch gar nicht so geplant gewesen. Er hatte doch nur mit Gotthilf in Ruhe sprechen wollen, und da sie das zu Hause nicht konnten, hatten sie sich in die Kneipe am Markt verzogen. Ein Ort, an dem in den frühen Mittagstunden eines Wintertages nicht wirklich viele Menschen verkehrten. Sie waren also ungestört gewesen, und Tom hatte sich alles von der Seele reden können. Der alte Schnaller war mindestens genauso geschockt, wie er es gewesen war, als er davon erfahren hatte. Ausgerechnet an Weihnachten, doch danach richteten sich schlechte Botschaften nun mal nicht.

Die beiden Männer hatten dann einen Schnaps getrunken. Und noch einen! Auch als der Wirt das dritte Mal einschenkte, sagten die beiden nicht nein. Tom konnte sich nicht genau erinnern, was danach passiert war. Gotthilf hatte sich jedenfalls irgendwann verabschiedet. Er selbst hatte sich inmitten eines feuchtfröhlichen Stammtisches wiedergefunden, der sich allwöchentlich hier traf und hocherfreut darüber war, dass der Herr Doktor, der im Städtchen noch nie durch allzu große Geselligkeit aufgefallen war, zu ihnen stieß und die Runde doch beträchtlich aufmischte. Niemand hätte gedacht, dass Dr. Mattern so locker und lustig sein konnte. Es war ein lustiger Abend gewesen, aber irgendwann signalisierte ihm sein Alkoholspiegel, dass es Zeit war, aufzubrechen. Und genau das hatte er getan.

Zur gleichen Zeit fuhr ein paar Straßen weiter eine wunderschöne, aber momentan sehr unglückliche Frau starke Geschütze auf. Nachdem sie die Kinder nach dem Abendessen endlich alle in die Betten verfrachtet hatte, schritt sie zur Tat. Sie hatte zwar immer noch nicht den blassesten Schimmer, wo sich ihr Mann herumtrieb, aber das war im Moment auch zweitrangig. Den Gedanken, dass er wohlmöglich bei einer anderen Frau sein könnte, schob sie beiseite, daran wollte sie jetzt einfach nicht denken. Irgendwann würde er schon nach Hause kommen und dann sollte er sehen, was er an ihr hatte.

Resa hatte vor, es ihrem Ehemann so schwer wie nur eben möglich zu machen. Er sollte es sich dreimal überlegen, bevor er sie abservierte. Darum durchlief sie nun das volle Beauty-Programm. Überflüssige Körperhaare wurden in die Verbannung geschickt, die blonde Mähne erhielt eine Intensivkur, die Augenbrauen wurden gezupft, die Haut mit einer teuren Lotion eingecremt. Es war sozusagen eine Generalüberholung, die die Ärztin an sich selbst vollzog. Am Ende des Programms streifte sie das schwarze Negligé über, das sie schon am Nachmittag aus dem Kleiderschrank hervorgeholt hatte. Tom hatte es ihr vor Jahren auf einer Urlaubsreise geschenkt, aber Resa hatte es nie getragen, zu verrucht erschien es ihr. Und außerdem hatte sie derartige Verführungshilfsmittel bei ihrem Mann auch noch nie benötigt.

So ändern sich die Zeiten!, dachte sie mit einem Anflug von Traurigkeit, die sie aber nicht zulassen wollte. Nein, sie wollte nicht flennen, sie wollte kämpfen. Entschlossen griff sie nach der Haarbürste und bearbeitete die langen Strähnen so lange, bis sie wie ein goldener Teppich über ihre Schultern herabfielen. Noch ein bisschen Rouge, ein bisschen Lippenstift, und fertig war sie. Resa zwinkerte ihrem Spiegelbild aufgeregt zu.

Na wenn ihn das nicht umwirft, dann weiß ich es auch nicht!, dachte sie hoffnungsfroh, nicht ahnend, dass ihren Mann zurzeit ganz was anderes umwarf.

»Verfluchte Scheiße!«, entwich es demselben nämlich gerade, als er zum fünften Mal binnen kürzester Zeit mit dem Hintern im Schneematsch landete. Und jedes Mal fiel ihm das Aufstehen schwerer. Deswegen beschloss er dieses Mal, einfach sitzen zu bleiben. Er hatte allerdings nicht damit gerechnet, dass es Leute geben könnte, die etwas dagegen einzuwenden hätten. Aber die gab es!

Resa hatte eine Teelichter-Armada im ehelichen Schlafgemach aufgestellt und entzündet. Nun war alles bereit. Nur Tom fehlte noch. Wo blieb er denn nur? Ungeduldig schaute sie durchs Fenster und traute ihren Augen kaum, als sie zwei Polizisten auf ihr Haus zusteuern sah. Die beiden Männer eskortierten eine Gestalt, die sich kaum auf den Beinen halten konnte und auf die zupackenden Arme der Beamten angewiesen war.

Welch armselige Kreatur!, dachte Resa noch, bevor sie dann zu ihrem großen Erschrecken erkannte, um wen es sich da handelte. In Sekundenschnelle schwoll ihr der Hals an.

»Na der kann was erleben!«, fauchte sie und rannte nach unten. Aber egal, was sie in den nächsten zehn Minuten auch an netten Schimpfwörtern für ihren Gatten übrig hatte, das prallte alles an ihm ab. Denn schon längst schlief er den Schlaf des Gerechten. Nur dem Einsatz der Polizisten war es zu verdanken, dass er noch in sein Bett gelangte, wäre es nach seiner Frau gegangen, wäre er unten im Hausflur liegengeblieben.

»Es tut mir wirklich sehr leid!«, entschuldigte sich Resa zum hundertsten Mal, als sie die beiden Beamten zur Tür geleitete. »Ich habe keine Ahnung, was mit meinem Mann los ist. Solche Sauftouren sind sonst nicht so seine Art - jedenfalls nicht, seitdem wir verheiratet sind.«
Einer der beiden Männer, ein attraktiver Mittdreißiger, winkte lächelnd ab.

»Machen Sie sich keinen Kopf, Frau Doktor Mattern. Das kann schon mal passieren. Wir haben gerne geholfen und … dieser Anblick hat uns wirklich mehr als entschädigt.« Er zwinkerte ihr zu und schon entschwand er mit seinem Kollegen in die eisige Dunkelheit.

Verständnislos sah Resa ihnen hinterher. »Hä? Welcher Anblick?«, murmelte sie irritiert. Erst da registrierte sie, dass sie ja nur diesen schwarzen Stofffetzen trug, der mehr von ihr preisgab, als er verbarg. Entsetzt schlug sie die Hände vor das Gesicht. Das konnte doch alles nicht wahr sein!

Kapitel 10

Angermünde, Januar 2015

Am Morgen des nächsten Tages funktionierte Resa in ihrer Rolle als Hausfrau und Mutter. Und das, obwohl sie wegen ihres bestialisch stinkenden Gattens im gemeinsamen Ehegemach die Nacht lieber auf der Couch im Wohnzimmer verbracht hatte, und obwohl sie nach der Anfangswut tausend bittere Tränen vergossen hatte. Es nutzte ja auch nichts. Die Kinder konnten schließlich nichts dafür, dass es in der Ehe der Eltern heftig kriselte.

Also machte sie den Kleinen Frühstück und brachte sie schließlich zur Schule und zum Kindergarten. Anschließend kredenzte sie Opa Gotthilf noch einen Kamillentee, denn der alte Mann fühlte sich nicht wohl, was zum einen wohl an einer Erkältung lag, zum anderen aber wohl eher darin begründet war, dass er Resa gegenüber ein schlechtes Gewissen hatte. So leicht hätte er ihr die Zweifel, die sie bezüglich Tom hatte, nehmen können, aber er durfte es nicht, denn das war nicht seine Aufgabe. Das Ganze war ihm sowieso schon auf den Magen geschlagen, und als er jetzt noch Resas trauriges Gesicht sah, verschlechterte sich seine Befindlichkeit noch weiter.

Die blonde Frau bemerkte nicht, dass ihrem Mitbewohner etwas schwer auf der Seele lag, zu sehr hing sie in ihren eigenen Gedanken fest. Sie lüftete noch kurz das Zimmer des alten Mannes, wünschte ihm einen guten Tag und ging zurück in die Küche. Sofort verfinsterte sich ihr Blick, denn dort am Tisch saß, nein, hing war der bessere Begriff, ihr Angetrauter, nur mit einer Pyjamahose bekleidet, das Gesicht in den Händen vergraben. Wenn sie nicht so sauer auf ihn gewesen wäre, dann hätte sie glatt schon wieder ein bisschen gesabbert, so unverschämt gut sah er aus, dieser Blödmann. Mit einem lauten Knall warf sie die Tür hinter sich zu.

Tom zuckte zusammen und sah sie mit schmerzverzehrtem Gesicht an. »Boah Resa, geht's vielleicht noch ein bisschen lauter?«, maulte er angefressen.

»Wenn du es genau wissen willst, ja!« blaffte seine Frau lautstark zurück. »Dass du es noch wagst, hier rumzustänkern nach dem Auftritt gestern, das schlägt dem Fass ja wohl den Boden aus. Ich weiß gar nicht, warum du so eine Show abziehst. Wenn du mich nicht mehr liebst und mich verlassen willst, dann sag es doch einfach! Oder willst du dich die nächsten fünfundzwanzig Jahre immer besaufen, wenn ich dir auf die Nerven gehe oder du an eine andere denkst …?«

Die Stimme der Blondine war während ihrer Ansage immer lauter geworden und überschlug sich nun fast. Tom war mehrfach zusammengezuckt, was nicht allein an dem dröhnenden Schmerz in seinem Kopf lag, der durch den Krach noch um einiges verschärft wurde. Nein, Resas Worte waren wie Peitschenhiebe für Tom. Gotthilf hatte also nicht übertrieben. Resa sah ihre Ehe tatsächlich in einer Krise. Und das nur, weil er ihr in den letzten Wochen vielleicht nicht ganz so viel Aufmerksamkeit geschenkt hatte wie sonst.

Ja, natürlich hatte er sich zurückgezogen, hatte nicht mehr so viel geredet, aber das alles doch aus gutem Grund. Warum hatte Resa kein Vertrauen zu ihm? Still und verletzt sah er sie an. Noch immer schimpfte sie lautstark, aber unter seinem eindringlichen Blick verstummte sie schließlich.

Tom erkannte, dass sie viel geweint haben musste in der Nacht. Wie ein Häufchen Elend stand sie vor ihm und urplötzlich begriff er. Möglicherweise vertraute sie ihm nicht so sehr, wie sie es tun sollte, aber das Problem lag wohl mehr darin, dass sie einfach nicht genug an sich selbst glaubte und schon gar nicht daran, dass ein Tom Mattern eine Resa Rechtien für die Ewigkeit lieben könnte. Das ärgerte ihn so sehr, dass er sie am liebsten übers Knie gelegt hätte, aber was hätte das gebracht? In dieser

Beziehung würde sich seine Süße wohl nie ändern. Langsam stand er auf und trat ganz nah an seine Frau heran. Er hob die Hand. Unendlich sanft strichen seine Fingerspitzen über ihre erröteten Wangen und er sah ihr tief in die Augen. Diese wundervollen und faszinierenden blauen Augen, denen er schon so lange verfallen war.

»Resa Mattern, wie kann man nur so eine gequirlte Scheiße zusammenlabern?«, sagte er leise und sehr ernst. »Hör zu! Du machst jetzt die Sprechstunde, ich die anstehenden Hausbesuche und später klären wir das, was zu klären ist, okay?« Er beugte sich vor und gab ihr einen kurzen, aber intensiven Kuss auf den Mund. Und schon war er verschwunden.

Resa wankte leicht und musste sich setzen. Was war das denn jetzt wieder? Im Handumdrehen hatte er es geschafft, dass sie nicht mehr wütend war, stattdessen quälte sie schon beinahe ein schlechtes Gewissen. Hatte sie überreagiert? Hatte sie ihm wohlmöglich Unrecht getan? War am Ende mal wieder alles ganz anders, als es schien? Verflixt, wenn ja, dann war er aber dennoch schuld an diesem Dilemma. Denn wenn er beizeiten mal das Maul aufmachen würde, dann würde ein solches Missverständnis doch erst gar nicht entstehen. Genau das würde sie ihm heute Abend in aller Deutlichkeit sagen. Resa sah auf die Uhr und registrierte, dass sie schon spät dran war. Mit langen Schritten verließ sie die Wohnung und eilte nach unten in die Praxis.

Kapitel 11

Wiesbaden, Januar 2015

»Sehr gute Arbeit, Bacher! Ich bin beeindruckt.« Die frischgebackene Polizistin Silke Bacher, die als Hospitantin in der Soko »Zettel« eigentlich keine Rolle spielte, spürte, dass sich das ganz plötzlich geändert hatte.

Wochenlang tappte die Sonderkommission nun schon im Dunklen, ließ sich von einem Massenmörder vorführen, der ihnen Monat für Monat einen neuen Fall bescherte, dessen Fährte man trotz bewusst gelegter Spuren aber bis heute nicht wirklich hatte aufnehmen können. Jedes noch so winzige Detail konnte die Wende bringen … vielleicht.

Silke Bacher wusste selbst nicht mehr, warum ihr diese beiläufige Information in der Akte zum ersten Mordfall, dem der Simone Sander, ins Auge gefallen war. Vierzehn Tage nach der Tat hatte der Lebensgefährte sich bei den zuständigen Beamten gemeldet, weil ihm in der lokalen Zeitung etwas Seltsames aufgefallen war. Die Kollegen hatten das zwar in die Akte eingetragen, es gab aber keinen Vermerk, ob man dem nachgegangen war. Die junge Polizistin hatte, nachdem sie auf den Eintrag gestoßen war, den Mann angerufen und ihn gefragt, was es damit auf sich hatte, was die damals zuständige Soko

»Hungersteine« tatsächlich versäumt hatte. Der Lebensgefährte der Sander hatte ihr dann berichtet, dass jemand in der Dresdner Tageszeitung Folgendes inseriert hatte: »Das gute Herz hat dir auch nichts genützt, denn jetzt schlägt es nicht mehr!«

Intuitiv wäre ihm klar gewesen, dass mit diesen Zeilen seine getötete Freundin gemeint sein könnte, denn nur wenige Wochen vor ihrer Ermordung war sie von der Stadt Dresden unter dem Motto »Das gute Herz des Jahres!« geehrt worden.

Silke Bacher war fassungslos gewesen, dass die Kollegen aus Magdeburg diesen Vorgang nicht näher verfolgt hatten, denn auch sie spürte instinktiv, dass diese Annonce unmittelbar etwas mit dem Mord zu tun haben könnte. Daraufhin hatte sie sich die Akte der Nonne Agnes Nadorff geschnappt, hatte dort aber keinerlei Hinweise auf seltsame Zeitungsannoncen gefunden. Trotzdem hatte sie nochmals zum Telefon gegriffen und das Kloster, in dem die Ordensschwester beheimatet gewesen war, kontaktiert.

Ohne Umschweife war sie zu Sache gekommen und hatte gefragt, ob die ermordete Nonne in der letzten Zeit geehrt worden wäre oder auf eine andere Art und Weise in der Öffentlichkeit gestanden hätte. Eine Auszeichnung hatte man verneint, aber es hatte wenige Tage vor der schrecklichen Tat einen Bericht über Agnes Nadorff im regionalen Fernsehen gegeben, in dem man über die »Frau mit den helfenden Händen« in der Suppenküche der Kölner Bahnhofsmission berichtet hatte.

Silke Bacher hatte sich nach diesem Gespräch online in die Zeitungsarchive der Stadt Köln eingeloggt und war fündig geworden. Genau zwei Wochen nach der Ermordung der Ordensschwester war Folgendes inseriert worden: »Deine Hände werden nicht mehr helfen, denn sie sind tot, genau wie du!«

Damit stand für die Polizistin außer Frage, dass es sich bei der Mordserie nicht um Zufallsopfer handelte, sondern dass diese gezielt vom Täter ausgesucht wurden. Das erkannten auch die wesentlich älteren und erfahrenen Beamten der Soko »Zettel« sofort, als die junge Kollegin ihre Entdeckung präsentiert hatte.

»Bacher!«, wurde sie erneut von Polizeihauptkommissar Friedhelm Schnaller angesprochen. »Sie werden sich die anderen fünf Fälle vornehmen und schauen, ob der Täter dort ebenfalls Botschaften in der Zeitung hinterlassen hat. Scheinbar geht es dem Mörder ja um eine bestimmte Eigenschaft oder Merkmal des Opfers.«

Sein Kollege Alfhausen räusperte sich. »Dann hätte ich für den Mordfall in Osnabrück schon eine Idee, worum es sich handeln könnte«, warf er ein. Mehrere Augenpaare schauten ihn gebannt an.

»Nun, Esther Markowa, deren Kopfhaar man im Bucksturm und deren toten Körper man in einer Grabkapelle auf dem historischen Hasefriedhof der Stadt fand, ist kurz vor ihrer Ermordung zur ›Miss Hair‹ des Landes Niedersachsen gewählt worden. Ich habe seinerzeit einen Bericht darüber im regionalen Fernsehen verfolgt. Sie hatte wirklich wunderschöne, lange, blonde Haare.« Friedhelm Schnaller schaute ihn stirnrunzelnd und auch ein wenig ärgerlich an, denn es hätte nicht schaden können, wenn der Kollege auf diesen Sachverhalt schon mal eher hingewiesen hätte.

»Und du glaubst wirklich, dass der Mörder die Frau deswegen getötet hat?«, zweifelte er dennoch. Alfhausen zuckte mit den Schultern. »Nun, dass er sie skalpiert hat, nachdem er sie erschlagen hat, und mit dem, was wir eben von der jungen Kollegin gehört haben, deutet es schon in die Richtung, meinst du nicht?«, erklärte er seinen Verdacht. »Aber wie auch immer, Bacher wird das sicher herausfinden, wenn es so sein sollte, nicht wahr?«

Die Angesprochene errötete leicht, nickte dann aber und stand auf, um sich an die Arbeit zu machen. Friedhelm Schnaller hingegen trat an die Tafeln, an denen

Bilder und Informationen zu den Mordfällen angepinnt waren. Nachdenklich starrte er auf die sieben Worte, die der Täter bei seinen Opfern auf Zetteln hinterlassen hatte, und die man mittlerweile zu einem Satz zusammenfügen konnte.

»Irgendwie beruhigt es mich, dass der Satz vollständig ist«, murmelte er und erschrak, als POK Alfhausen, der direkt hinter ihm stand, widersprach.

»Sorry Fidi, das sehe ich leider anders. Es sind sieben Worte - ein Satz, ja. Aber es fehlt ein Punkt oder ein Ausrufezeichen, der ihn beendet.«

Schnáller wurde blass. Mist! Der Mann hatte Recht. »Es wird also noch einen Mord geben?« fragte er und kannte die Antwort doch schon.

»Yep, ich denke ja!«, bestätigte Alfhausen seine Befürchtungen.

Kapitel 12

München, Oktober 2014

Das Leben könnte so wundervoll sein!, dachte Iris Rietmüller genervt, als sie sich durch das überfüllte Hofbräuhaus quälte. Schrecklich, wie voll es hier heute schon wieder war. Dabei war das Oktoberfest doch schon längst vorbei, das wie in jedem Jahr Massen von Touristen in die bayrische Hauptstadt geschwemmt hatte und somit natürlich auch in das legendäre Hofbräuhaus. Aber seitdem waren, wie gesagt, bereits Wochen vergangen, und trotzdem ging es in der Stadt noch hoch her.

Vielleicht lag es am goldenen Herbst. Der Sommer war ab Juli extrem heiß gewesen, doch Ende August hatten starke Regenfälle eingesetzt und auch der September war eher durchwachsen gewesen. Jetzt, im Oktober, schien die Sonne warm, aber nicht zu warm vom Himmel und gab dem bunten Laub der Bäume, die überall die Straßen Münchens säumten, ein wunderbares Leuchten. Viele Kurzentschlossene wollten sicherlich dieses letzte Aufbäumen des Sommers 2014 noch mal genießen und waren zu einem Trip nach Bayern aufgebrochen.

Iris Rietmüller war keine Touristin, nein, sie war ein Mädel der Stadt. Hier geboren und hier aufgewachsen.

Hier hatte sie die Schule besucht und Abitur gemacht, hier studierte sie seit nunmehr drei Jahren Kulturwissenschaften an der berühmten Ludwig-Maximilians-Universität und hoffte, recht bald schon zum Abschluss zu kommen.

Sie war in jeder Beziehung ein bayrisches, ein Münchener Kindl. Das zeigte sich auch in ihrer Vorliebe für die einzig wahre Fußballballmannschaft, nämlich den Löwen des TSV 1860 München. Kein gescheiter Bürger dieser Stadt und dieses Landes würde jemals Anhänger des 1. FC Bayern sein. Diese Verrückten gab es nur außerhalb des Freistaates, wie sie es jedem erzählte, der sie darauf ansprach.

Schon seit ihrem fünfzehnten Lebensjahr gehörte Iris Rietmüller einem Frauen-Fanclub der Löwen an. Einmal im Monat trafen die Damen sich im Hofbräuhaus, um sich über ihr Lieblingsthema auszutauschen. So auch an diesem Abend. Wobei Iris heute wirklich nicht bei der Sache war.

Denn da war dieser Kommilitone, den sie zwar schon seit zwei Semestern kannte, der sich aber erst jetzt in ihr Herz eingeschlichen hatte. Ein wahnsinnig gut aussehender Typ. Ein Spanier, genauer gesagt ein Katalane, mit dem sie zunächst nur ab und an zu tun gehabt hatte. Seit einigen Wochen waren sie aber in der gleichen Lerngruppe, und da hatte es gefunkt, und zwar so richtig. Sie verbrachten so viel Zeit wie nur möglich miteinander, und auch heute wäre Iris am liebsten bei ihrem feurigen Freund geblieben, aber er hatte ihr gut zugeredet, dass sie zu ihren Freundinnen gehen sollte.

Jetzt war sie eigentlich auch ganz froh, dass sie auf ihn gehört hatte, denn es war total lustig mit ihren Mädels. Endlich hatte die junge Frau sich durch die Menschenmengen durchgekämpft und die Toiletten erreicht. Sie schwankte ein bisschen, was kein Wunder war, denn sie hatte tatsächlich schon zwei ganze Maß Bier getrunken. Das aber wirkte sich nicht nur auf ihren Gleichgewichtssinn aus, sondern auch auf ihre Blase. Es wurde wirklich allerhöchste Zeit.

Nachdem sie sich erleichtert hatte, wackelte sie zu der langen Reihe Waschbecken, die sich gegenüber der ebenso langen Reihe der Toilettenkabinen befand. Sie wusch sich die Hände und schaute sich im Spiegel an. Was ihr sofort ein zauberhaftes Lächeln ins Gesicht zauberte. Denn sie sah da was, was ihr Glück noch weiter vergrößert hatte. Seit einigen Wochen hatte sie einen äußerst lukrativen Job gefunden, der ihr Studentenbudget doch beträchtlich aufbesserte. Und das nur wegen ihrer blauen Augen. Dass sie schön waren, das hatte sie schon gewusst, bevor ein gewisser Katalane ihr das mit großer Verliebtheit ins Ohr geflüstert hatte. Ja, sie waren schön. Blau wie der schönste bayrische Himmel, schöner noch als das Azur der gleichnamigen Küste Südfrankreichs. Das hatte auch der Optiker bemerkt, bei dem sie vor einigen Monaten einen Sehtest gemacht hatte. Und ehe Iris Rietmüller sich versah, hatte er sie engagiert als Brillenmodell.

Jetzt war ihr Gesicht auf Tausenden von Werbeplakaten in der Stadt zu sehen. Auf Litfaßsäulen, in der U-Bahn, auf den Werbebanden in der Allianz-Arena, einfach überall. Sie war sozusagen von jetzt auf gleich bekannt geworden wie der sprichwörtliche bunte Hund. Herrje, was hatten die Mädels da gerade drüber abgelästert. Sollten sie nur, sie würde das schon aushalten.

Die junge Frau strich sich noch einmal durchs Haar und drehte sich dann um, um zu gehen. Vielleicht hatte sie sich zu schnell bewegt, vielleicht lag es aber auch an den zwei Litern Bier, die sie intus hatte. Jedenfalls wurde ihr speiübel. Sie hielt sich am Waschbecken fest und atmete tief durch, aber die Übelkeit wollte einfach nicht nachlassen.

Vielleicht brauche ich einfach nur frische Luft!, dachte Iris und torkelte zur Tür. Keiner der im Hofbräuhaus feiernden Männer und Frauen nahm Notiz von der jungen Frau, die sich durch die Menge zum Ausgang zwängte. Keiner, bis auf eine Ausnahme. Sie konnte nicht ahnen, dass es jemanden gab, der ihr nach dem Leben trachtete und nicht nur das. Dieser Jemand würde das einfordern, was das Bemerkenswerteste an ihr war, und auf das sie doch so stolz war. Ihre Augen! Und alles, was sie für ihr Leben und für ihre Augen bekommen würde, war ein Zettel. Ein simpler, weißer, zerknitterter Zettel mit nur einem Wort darauf: »SCHLAMPE«.

Kapitel 13

Angermünde, Januar 2015

»Ach, Frau Dr. Mattern, das wäre einfach unheimlich nett von Ihnen, wenn Sie auch einen Kuchen für die Cafeteria des Handarbeitsbasars backen könnten. Es ist doch schließlich für einen guten Zweck.«

Das süßliche Gesäusel von Alma Bogener verursachte bei Resa ein leichtes Sodbrennen. Diese Frau war einfach nervtötend. Nicht nur, dass sie bald in jeder Sprechstunde auftauchte und jedes Mal die Symptome einer anderen mysteriösen Erkrankung im Gepäck hatte, nein, sie war auch noch die größte Klatschtante Angermündes, und man tat wirklich gut daran, ein gutes Verhältnis mit ihr zu unterhalten. Hatte doch dieses Lästermaul schon so manchen braven und schuldlosen Bürger der kleinen Stadt in bösen Verruf gebracht. Also machte die blonde Ärztin mal wieder gute Miene zum bösen Spiel.

»Aber Frau Bogener«, flötete sie nun ebenso süßlich ihrem Gegenüber zu. »Das mache ich doch gerne, obwohl ich wahrlich keine gute Kuchenbäckerin bin, fragen Sie nur meinen Mann.«

Das hätte sie wohl besser nicht gesagt, denn flugs bedeckte ein spöttisches Lächeln das Gesicht der anderen Frau.

»Ja, wo Sie es gerade sagen, Frau Doktor Mattern«, erwiderte sie mit herablassendem Ton. »Wie geht es Ihrem Mann denn? Man munkelt, die Polizei hat ihn gestern nach Hause gebracht, und er wäre in einem etwas desolaten Zustand gewesen?«

Resa wurde blass. Das hatte gerade noch gefehlt. Auch wenn sie Angermünde liebte und hier gerne lebte, das verdammte Getratsche und die Schnelligkeit, mit der sich vermeintlich skandalumwitterte Nachrichten verbreiteten, fand sie einfach zum Schreien. Am liebsten hätte sie diese blöde Kuh hochkant aus der Praxis geworfen, aber natürlich wusste sie, dass sie dadurch nur noch alles verschlimmern würde. Also schluckte sie ihren Groll runter und erhob sich mit einem gequälten Lächeln.

»Ach Frau Bogener, Sie wissen doch, wie das mit den Männern so ist«, sagte sie gespielt freundlich. »Ab und an müssen sie halt einen über den Durst trinken. Wollen wir es ihnen doch gönnen, solange wir am Ende das Sagen behalten, oder?«

Sie schob die ältere Dame nun entschlossen zur Tür. »Und was Ihren Husten betrifft: Ich bin mir ganz sicher, dass es kein Lungenkrebs ist, sondern ganz einfach eine leichte Erkältung. Inhalieren Sie die nächsten Tage morgens und abends mit Kamille, und ich bin mir sicher, der Husten ist bald verschwunden.« Sie fügte noch ein paar Floskeln an und verabschiedete ihre »Lieblingspatientin« dann endgültig.

Mit einem hörbaren Aufatmen schloss Resa die Tür hinter Alma Bogener und lehnte sich erschöpft dagegen. Ihr war klar, dass in den nächsten Tagen ihr Mann und seine Sauf-Eskapade Thema Nr. 1 in der Stadt sein würden und sie betete inständig, dass die Polizisten wenigstens nichts über ihre spärliche Nachtbekleidung ausgeplaudert hatten, denn so viel war klar, es konnten nur die beiden Beamten gewesen sein, die die Tratschmühlen Angermündes in Bewegung gesetzt hatten.

Mein lieber Tom!, dachte Resa aufgebracht. *Wenn du nicht einen triftigen Grund für dein merkwürdiges Verhalten vorbringen kannst, dann scheppert's aber gewaltig im Karton, so viel ist sicher.*

Sie zuckte zusammen, denn an der Tür, an der sie immer noch lehnte, wurde plötzlich laut geklopft. Resa sah zur Uhr. Noch ein Patient? Eigentlich war die Bogener doch die Letzte im Wartezimmer gewesen. Oder hatte die alte Schrulle wohlmöglich etwas vergessen? Seufzend drehte sie sich um und öffnete.

Zum Glück war es nicht Alma Bogener, sondern Mathi, ihre älteste Tochter. Freudestrahlend zog Resa das Mädchen in ihre Arme und drückte ihr einen herzhaften Schmatzer auf. Mathilda Mattern verzog angewidert ihr Gesicht, das dem der Mutter doch so unglaublich ähnelte.

»Iih Mama!«, meckerte sie los. »Kannst du das nicht mal lassen? Ich bin schließlich kein Kind mehr.«

Resa schmunzelte, entließ ihre Große dann aber in die Freiheit. »Entschuldige, mein Fräulein!«, sagte sie augenzwinkernd. »Das vergesse ich eben manchmal. Was gibt es denn, mein Schatz?«

Ihre Tochter zeigte auf die Uhr. »Papa hat gesagt, dass die Sprechstunde doch eigentlich vorbei sein müsste, und ich dich zum Essen holen soll.«

Resa schaute sie verblüfft an. »Papa? Ja, ist der denn schon wieder von den Hausbesuchen zurück?«

Mathi nickte. »Ja, er hat Max, Merle und mich von der Schule und Malin aus dem Kindergarten abgeholt und er hat gekocht. Selber! Opa Gotthilf durfte keinen Handschlag machen.«

Die blonde Ärztin legte die Stirn in tiefe Falten. Eigentlich kochte immer ihr Mitbewohner zu Mittag. Vielleicht war er ja noch unpässlich, vielleicht aber, und das schien Resa in diesem Moment wahrscheinlicher, quälte Tom auch nur das schlechte Gewissen.

»Gut!«, sagte sie schließlich zu ihrem Kind. »Ich mache hier noch eben Klarschiff und bin dann in zehn Minuten oben. Sag Papa, er soll die Spaghetti ruhig ein wenig länger kochen lassen. Es gibt doch Spaghetti, oder?« Mathi grinste und das sagte mehr als Worte. Dann verschwand die Kleine.

Resa nahm die Karteikarten der fünfzehn Patienten, die sie heute konsultiert hatten und legte sie in die Ablage. Dann unterzeichnete sie noch ein paar Papiere für die Krankenkasse und schritt schließlich zu dem Wandschrank gegenüber dem Schreibtisch. Ganz in Gedanken versunken zog sie ihren weißen Kittel aus. Deshalb hörte sie auch nicht, dass sich die Tür abermals öffnete. Und sie hörte auch nicht die leisen Schritte, die sich ihr langsam näherten … Dann waren da Arme … Arme, die sie von hinten griffen, umschlangen, ihr die Luft zum Atmen nahmen. Ein gewaltiger Schreck durchfuhr Resa und sie öffnete den Mund, um zu schreien. Doch sie konnte nicht, denn im gleichen Moment wurde dieser verschlossen. Von einer eiskalten und riesigen Hand …

Kapitel 14

Wiesbaden, Januar 2015

Polizeihauptkommissar Friedhelm Schnaller stand vor der Tafel, auf der die Bilder des Mordfalls Iris Rietmüller zu sehen waren. Er schauderte. Der Täter hatte das arme Mädchen durch einen gezielten Messerstich ins Herz getötet und anschließend hatte er ihr die Augen ausgestochen. Angewidert drehte er sich um.

»Alfi, sag mir, was dieses kranke Hirn im Schilde führt!«, forderte er seinen Kollegen und Chefprofiler Polizeioberkommissar Richard Alfhausen auf.

Der goss sich mit nachdenklicher Miene einen weiteren Becher Kaffee ein, wohl schon den siebten oder achten an diesem eisigkalten Januartag.

»Na ja!«, meinte Alfhausen lapidar, setzte sich auf einen der veralteten Drehstühle des Bundeskriminalamtes und lehnte sich zurück. »Dass der Typ einen Plan verfolgt, ist ja eigentlich schon deswegen klar gewesen, weil er jedem seiner Opfer diese Brille aufgesetzt hat. Er wollte also schon, dass man einen Zusammenhang zwischen den Morden erkennen kann. Dann die Zettel, aus denen man einen Satz formen konnte und zu guter Letzt nun die Hinweise in den Zeitungen, die meines Erachtens eindeutig von ihm stammen.«

PHK Schnaller nahm sich ebenfalls einen Becher Kaffee und unterdrückte den Wunsch nach einer Zigarette, denn seit einigen Monaten versuchte er, sich das Rauchen abzugewöhnen. An manchen Tagen klappte das gut, an anderen wurde das Verlangen beinahe übermächtig, aber bislang hatte er tapfer widerstanden.

»Ja, aber warum streut dieses Monster derart viele Spuren?«, erwiderte er. »Ich meine, will dieser Irre etwa geschnappt werden?«

Richard Alfhausen lachte kurz auf, obwohl ihm nicht wirklich zum Scherzen war. »Nun, Kollege!«, antwortete er. »Bislang haben uns all diese Spuren einen Scheißdreck gebracht, nicht wahr? Im Grunde genommen sind wir doch nicht viel weiter als vor einem Vierteljahr, als wir die Mord-Akten von Magdeburg, Köln und Osnabrück auf den Tisch bekamen. Wir wissen, dass wir es mit einem Serienmörder zu tun haben, ja! Und sonst? Ich würde sagen: Schicht im Schacht! Das Schwein spielt mit uns, führt uns geradezu vor und wir haben nicht wirklich ein Rezept dagegen.«

Schnaller sah ihn missbilligend an. »Hey Alfi, der Pessimist im Team bin eigentlich ich, oder nicht?«, raunzte er ihn leicht verärgert an. »Sicher sieht es im Moment nicht so aus, als wenn wir den Täter schon bald überführen könnten, aber manchmal hilft auch Kommissar Zufall, das habe ich oft genug erlebt. Bis dahin suchen wir halt weiter nach einem Mann, der Frauen hasst, weil sie ein gutes Herz haben oder eine hilfsbereite Hand oder blondes Haar oder blaue Augen.«

Chefprofiler Alfhausen nahm die Worte seines Vorgesetzten nickend zur Kenntnis, plötzlich aber stutzte er und sprang auf.

»Mensch Fidi, das ist es!«, stieß er aufgeregt aus. »Nicht oder, verstehst Du? Er hat die Frauen nicht ermordet, weil er die eine oder andere Eigenschaft an ihnen hasst. Nein, er zeigt mit diesen Taten auf eine einzige Person hin, die alles in sich vereinigt. Auch der von ihm hinterlassene Satz deutet in diese Richtung. Es fehlt der Punkt, der alles beendet, das sagte ich dir doch schon. Diese sieben toten Frauen sollen uns zu seinem eigentlichen Zielopfer bringen. Der achte Mord! Das ist krank, aber auch irgendwie ... genial.«

Friedhelm Schnaller schüttelte ungläubig den Kopf. »Na Bravo!«, murmelte er resigniert. »Und wie sollen wir deiner Meinung nach diese achte Frau, auf die der Mörder es eigentlich abgesehen hat, ausfindig machen?«

Alfhausen zuckte ratlos mit den Schultern. »Keine Ahnung, ich weiß nur, dass uns da schnell etwas einfallen muss, denn wenn der Typ im gleichen Rhythmus weitermordet, dann ist sein nächstes und wohl letztes Opfer schon bald an der Reihe.«

In diesem Moment platzte die junge Hospitantin Silke Bacher ins Büro, einen nicht zu verkennenden Stolz ins Gesicht geschrieben. Sie hatte nicht einmal eine Stunde gebraucht, um zwei weitere Hinweise des Täters in den Zeitungen von Osnabrück und München aufzutun. Triumphierend hielt sie die Ausdrucke der Annoncen in die Höhe und wartete nicht mal die Aufforderung Friedhelm Schnallers ab, zu sprechen.

»In Osnabrück hat er geschrieben: ›Deine blonde Mähne wird niemandem mehr den Kopf verdrehen!‹«, rief sie atemlos. »Und in München: ›Deine blauen Augen machen keinen mehr sentimental!‹«.

Friedhelm Schnaller und Richard Alfhausen nickten ihr anerkennend, aber keineswegs überrascht zu. Nichts anderes hatten sie erwartet, zu offensichtlich war diese Spur vom Täter gelegt worden.

»Sehr gut, Bacher!«, lobte der Chef der Soko die junge Frau zum wiederholten Mal an diesem Tag. »Dann nehmen Sie sich als nächstes Spiekeroog vor, ja?«

Silke Bacher nickte sichtbar motiviert und schickte sich an, das Zimmer zu verlassen. Im Herausgehen vernahm sie aber noch die Worte Friedhelm Schnallers, die er an den Kollegen Alfhausen richtete.

»Aber warum diese Taucherbrillen, Alfi? Das muss doch auch etwas zu bedeuten haben, wenn er sie bei jedem Opfer hinterlässt.«

Silke Bacher blieb stehen und drehte sich noch mal um. »Entschuldigung!«, räusperte sie sich und die beiden Männer sahen sie fragend an. »Das sind doch keine Taucherbrillen, die man bei den getöteten Frauen gefunden hat. Es sind ganz eindeutig Froschaugen. Wie man sie im Fasching trägt! Kann man in jedem Scherzartikelladen für ein paar Cents erstehen.«

Kapitel 15

Angermünde, Januar 2015

»Mama kommt gleich«, richtete die älteste der Mattern-Töchter wie befohlen ihrem Vater aus, der geschäftig in dem riesigen Kochtopf umherrührte, in dem eine dem Bedarf einer Großfamilie angepasste gewaltige Menge Spaghetti in der Hitze garte.

»Ja, ist gut!«, brummte Tom. »Dann lauf mal und hol' deine Geschwister, und Opa Gotthilf soll allmählich auch mal seinen Ar … ääh, also er soll jetzt mal endlich aufstehen, dann geht es seinem Kreislauf bestimmt bald wieder besser.«

Mathi reagierte nicht im Geringsten auf seine Aufforderung. Verwundert blickte der Arzt sie an und sah gleich, dass die Kleine etwas auf dem Herzen hatte. Scheiße! Resa hatte ihr also etwas gesagt.

»Hey Süße, was ist denn?«, fragte er und man konnte ihm sein Unbehagen anmerken. »Also wenn du dich fragst, was mit Mama und Papa los ist …? Keine Bange, Liebes, das kommt schon wieder in Ordnung, ich verspreche es dir.«

Er schwor sich, dass er Resa dafür die Hammelbeine langziehen würde. Wie konnte sie es nur fertigbringen und die Kinder in ihre Probleme mit reinziehen.

»Ääh, Papa?«, unterbrach Mathi seine Gedanken. »Ich hab' jetzt keine Ahnung, wovon du redest, aber natürlich kommt alles wieder in Ordnung. Ich meine, ihr fetzt euch doch öfter. Dann schließt ihr euch irgendwann im Schlafzimmer ein, stellt die Musik lauter, und eine halbe Stunde später ist alles wieder gut. Wo ist also das Problem?«

Tom Mattern hätte nie gedacht, dass seine neunjährige Tochter ihn in Verlegenheit würde bringen können, aber in der Tat, sie hatte es. Mit hochrotem Kopf wandte er sich wieder den Spaghetti zu.

»Aber ich wollte dich etwas fragen«, zog die Mini-Ausgabe seiner Frau wieder die Aufmerksamkeit ihres Erzeugers auf sich.

»Ja?«, stieß Tom ungehalten hervor.

»Wie fühlt es sich an, verliebt zu sein?«, erwiderte die junge Dame unverzüglich.

Der sonst so taffe Arzt war für den Moment verblüfft, dann erfasste ihn der unbändige Wunsch zu flüchten. Am liebsten wäre er sofort aus der Küche gestürmt, denn sein Töchterchen schien nicht nur das Aussehen ihrer Mutter geerbt zu haben, sondern auch deren Hang zur Gefühlsduselei. Oh Graus, schlimmer hätte es ihn nicht treffen können.

»Frag das lieber Mama!«, blaffte er deswegen auch genervt in Mathis Richtung, die sich aber nicht beirren ließ.

»Ich frage aber dich, Papa!«, konterte die Kleine. »Du warst doch in Mama verliebt, oder?«

Tom wusste, dass es kein Entkommen gab, und er spürte instinktiv, dass er ehrlich sein musste. Also stellte er den Herd ab, holte tief Luft und setzte sich auf den Küchenstuhl. Er winkte das blonde Mädchen heran und zog es auf seinen Schoß.

»Nein, ich war nicht verliebt in deine Mutter«, flüsterte er ihr ins Ohr und drückte sie fest an sich. »Ich bin es immer noch! Heute noch genauso wie vor zehn Jahren. Vielleicht sogar noch ein wenig mehr. Deine Mama ist mein Ein und Alles, und sie wird immer der wichtigste Mensch in meinem Leben sein, neben dir und deinen Geschwistern natürlich. Sie ist und bleibt ›my little frog‹. Aber verrate ihr nicht, dass ich sie so genannt habe, du weißt, sie mag das nicht. Und wenn du wissen willst, wie es sich anfühlt, verliebt zu sein, dann werde ich dir das mal zeigen.«

Er nahm die kleine Hand seiner Tochter und legte sie auf seine Brust. »Jetzt denke ich mal ganz doll an die Mama und dann schau, was passiert!«

Das Mädchen hielt ganz still und auf einmal weiteten sich ihre Augen. »Papa, dein Herz … es hüpft!«, rief sie überrascht aus und Tom lächelte sie an.

»Ja, es hüpft, und in meinem Bauch kribbelt es total. So ist das, wenn man verliebt ist.« Mathi schien kurz zu überlegen, dann nickte sie und sprang vom Schoß ihres Vaters. »Na gut, dann bin ich wohl eher nicht verliebt.« Tom schaute sie misstrauisch an. »Natürlich nicht!«, knurrte er unwirsch. »In wen denn auch?«

Seine Tochter grinste ihn an. »Na, ich meinte, in den Florian Fischer, aber wenn ich an den denke, hüpft mein Herz nicht und es kribbelt auch nichts. Also ist er wohl nicht der Richtige!« Sprach's und rannte aus der Küche, während Tom sich fragte, ob es jetzt tatsächlich schon an der Zeit war, dass er seine Töchter, zumindest die älteste, wegsperrte. Denn das würde er ohne Zweifel tun, wenn irgendwann einmal so ein Typ aufkreuzen würde, um ihm sein Mädchen wegzunehmen. Niemals, schwor Tom sich, würde das passieren. Eher würde es in der Hölle frieren. Gleich nächste Woche würde er in den Baumarkt fahren, um Stacheldraht einzukaufen. Es konnte ja nicht schaden, das Grundstück der Familie entsprechend zu sichern. Und vielleicht sollte er doch darüber nachdenken, sich ein Schrotgewehr anzuschaffen. Ja genau, das würde er tun.

Tom grinste und musste über sich selbst und seine Gedanken den Kopf schütteln. Er stand auf, ging zum Herd und griff nach dem Topf mit den Spaghetti. Gerade als er das Wasser geschickt abgießen wollte, gelangte ein Geräusch an sein Ohr, das von dort aus direkt in seine Knochen ging. Ein Geräusch, das sehr stark an ein verendendes Tier erinnerte. Sein Herz setzte für einen Moment aus. Verdammt, das kam doch aus der Praxis! Blitzschnell stellte er den Topf auf die Spüle, und dann rannte er. Rannte, als wenn es um sein Leben gehen würde.

Kapitel 16

Angermünde, Januar 2015

»Big Bear, habe ich nicht gleich gesagt, dass es eine schlechte Idee ist, Resa und Tom so zu überfallen?« Rebecca Reynolds schaute strafend auf ihren Ehemann herab, der mit schmerzverzerrtem Gesicht auf dem Boden der Gemeinschaftspraxis Mattern&Mattern lag und sich dem Tode näher fühlte als dem Leben. Resa kauerte neben ihm mit deutlich erkennbar schlechtem Gewissen und streichelte die riesige Pranke der gefällten texanischen Eiche.

»Well, Becky, my Darling, ick konnte ja nickt ahnen, that this young woman plans to kill me«, stöhnte Palmer Reynolds laut auf und überlegte, ob er seine Frau bitten sollte, einen Priester zu holen, um gegebenenfalls die Sterbesakramente empfangen zu können.

»Ja sorry, Palmer!«, rechtfertigte Resa sich. »Aber Becky hat schon recht. Was schleichst du dich denn so heimtückisch von hinten an? Da müssen ja alle Reflexe greifen. Und seit ich damals in der U-Bahn von diesen beiden Typen angetatscht wurde…..«

» … kann sie Mikado und legt alles flach, was ihr in die Quere kommt«, vollendete Becky in ihrer immer etwas trockenen Art den Satz, wofür sie sich sofort einen strengen Blick ihrer Freundin und ehemaligen Studienkollegin einfing.

»Also erstens ist das Karate, und zweitens lege ich niemanden flach … nur die, die es verdient haben!« Die beiden Frauen schauten auf den sterbenden Schwan, der sich immer noch flach an den Boden schmiegte und seine Tage für gezählt hielt. Sie konnten nicht anders und lachten laut auf. Zu witzig war die Situation.

Plötzlich zuckten sie aber zusammen, denn die Tür zur Praxis wurde mit lautem Getöse aufgestoßen, und ein Racheengel in der Gestalt des Dr. Tom Mattern platzte in die Szenerie, einen wildentschlossenen Blick in den Augen und ein Küchenmesser mit blitzender Klinge in der Hand. Er hatte damit gerechnet, seine Frau aus den Fängen eines blutrünstigen Verbrechers befreien zu müssen. Was er da nun vor sich sah, damit hatte er beileibe nicht gerechnet.

»Was zur Hölle …?«, brummte er und ließ die Hand, in der er das Küchenmesser hielt, kraftlos nach unten sinken. Dies wiederum sah nun auch wieder so urkomisch aus, dass Resa und Becky erneut loslachten, nein, eher brüllten, und sich gar nicht mehr einkriegten.

Mit säuerlicher Miene versuchte Tom das Geschnattere der ausgelassenen Gänse zu ignorieren und reichte stattdessen seine freie Hand dem niedergeschmetterten Amerikaner.

»Hey Palmer, alter Freund!«, begrüßte er ihn und zog den Riesen mit einigem Kraftaufwand in die Höhe. »Wird das eine Hausbesetzung, oder was liegst du hier in der Gegend rum?«

Der Multimillionär konnte so gar nicht über den Witz des anderen Mannes lachen. »Ha, ha! That's not funny, my friend, your wife wollte mick umbringen!«

Tom schmunzelte: »Wieso? Hat sie versucht, dich totzuquatschen, oder was?«, neckte er Palmer weiter. Der beschloss aber zu schweigen und humpelte beleidigt zur Tür.

»Hey Palmer, warte doch mal!«, rief Resa ihm hinterher. »Es tut mir wirklich leid. Wie wäre es, wenn wir jetzt nach oben gehen und gemeinsam essen. Tom hat gekocht.«

Der Texaner drehte sich um, und zum Glück konnte auch er schon wieder grinsen. »Ah, well, ick verstehe!«, erwiderte er. »That's the plan! First you try to kill me, and now Tom versuckt, mick zu vergiften. Damned, was habe ick getan?«

Im gleichen Moment zuckte er zusammen, denn seine Frau hatte ihn im Vorbeigehen in den Arm gekniffen.

»Halt den Mund, Big Bear!«, stauchte Becky den Riesen zusammen. »Wir sind gekommen, um unsere

Freunde zu besuchen, und jetzt freue ich mich auf Toms Spaghetti. Es gibt doch Spaghetti, oder?«

Resa kicherte leise vor sich hin, während ihr Mann angefressen die Augen verdrehte. *Weiber!* Schließlich folgte er den Gästen und seiner Frau in die Wohnung in der oberen Etage. Die Kinder waren außer Rand und Band, als sie Palmer und Becky sahen, und das lag sicher nicht nur an den Geschenken, die die beiden dabei hatten. Sie liebten die Kinder der Matterns über alles. Umgekehrt war es genauso, und da das Paar die letzten sechs Monate in den USA verbracht hatte, war die Freude über das Wiedersehen ohne Grenzen. Auch Opa Gotthilf war froh, den Amerikaner und seine Frau wiederzusehen. Ganz einfach, weil sie Freunde von Resa und Tom waren, und Freunde würden sie in der nächsten Zeit brauchen. Nach all dem, was Tom ihm am Vortag erzählt hatte, stand das für ihn fest.

Nach dem Mittagessen räumten Resa und Becky den Tisch ab, während die Männer und die Kinder beschlossen hatten, sich im Garten eine Schnellballschlacht zu liefern. Lediglich Opa Gotthilf hatte sich wieder in sein Zimmer zurückgezogen.

»Ich freue mich so, dass ihr hier seid«, meinte Resa, als sie das Geschirr in die Spülmaschine einräumte.

Becky strahlte. »Das geht Palmer und mir nicht anders. Ist ja auch schon ein Weilchen her, dass wir uns gesehen haben.«

Resa rümpfte die Nase. »Selbst schuld! Was angelst du dir auch einen stinkreichen Kerl, der dich die meiste Zeit des Jahres auf die andere Seite des Atlantiks verschleppt?«

Becky schmunzelte. »Du meinst, er verschleppt mich? Mmh! Ja, das könnte schon sein.« Verträumt starrte sie durch das Fenster nach unten auf den schneebedeckten Rasen, wo ihr starker Mann zum zweiten Mal an diesem Tag am Boden lag. Nur, dass ihm diesmal ein Heidenspaß anzumerken war, rang er doch gerade mit den vier Mattern-Sprösslingen, die sich vorgenommen hatten, den Riesen mal gehörig einzuseifen. Man sah ihr an, wie viel sie für diesen Mann empfand und plötzlich wurde Resa ganz schwer ums Herz. Was auch Becky nicht verborgen blieb.

»Was ist los, Liebes?«, fragte sie besorgt.

Resa strich sich das lange, blonde Haar in den Nacken und seufzte. »Tom und ich … , wir haben ein paar Probleme. Erst dachte ich, es wäre eine andere Frau, aber das ist es wohl nicht. Vielleicht brauchen wir einfach mal ein bisschen Zeit für uns.«

Becky runzelte die Stirn. »Du weißt, dass ich damals fast die Krise gekriegt habe, als du dich ausgerechnet in

Tom verguckt hast, den größten Weiberhelden, den die Uni aufzubieten hatte. Und ich hatte recht damit, denn er hat sich dir gegenüber abscheulich verhalten. Ich war heilfroh, als sich eure Wege nach dem Studium trennten. Und umso entsetzter dann, als ihr euch Jahre später am Marienkrankenhaus wiedergetroffen habt.«

Resa grinste. »Und wie entsetzt du erst warst, als ich dir gesagt habe, dass ich ihn heiraten würde.«

Becky nickte. »Das war ich in der Tat. Aber wenn ich eins in den vergangenen zehn Jahren gelernt habe, dann, dass sich Menschen ändern können. Tom liebt dich und eure Kinder über alles, das darfst du nie vergessen! Und mit dem Wissen lässt sich alles andere in den Griff bekommen, glaub' mir!« Sie hob die Hand und legte sie zur Bekräftigung ihrer Worte auf den Arm ihrer Freundin.

Resa lächelte sie zaghaft an. »Danke!«, sagte sie leise.

»Dafür nicht!«, erwiderte Becky lächelnd und zog Resa mit zu der Couch in der Ecke. »Und jetzt erzähl' mal: Hat die Schwester von Alexander von Bernim sich noch mal gemeldet?«

Resa wurde kalkweiß. »Bist du von allen guten Geistern verlassen?«, zischte sie und blickte nervös über ihre Schulter. »Wenn Tom seinen Namen hört, rastet er aus.«

Becky verdrehte die Augen. »Schon gut! Dann lass' uns über etwas anderes quatschen. Die Tage ist mir Sanne mal in den Sinn gekommen. Sie hat doch demnächst Geburtstag. Wäre doch ein schöner Anlass, sich mal wieder zu treffen, um uns an alte Zeiten zu erinnern.«

Ihre Freundin lächelte. Sekunden später waren die beiden Frauen in ein angeregtes Gespräch vertieft.

Die Matterns verlebten mit ihrem Besuch einen wundervollen Nachmittag und einen lustigen Abend, an dessen Ende Becky sich zu ihrem Mann beugte und ihm etwas ins Ohr flüsterte. Palmer nickte grinsend.

»Listen, my friends!«, sagte der Texaner laut in die Runde und verschaffte sich auch umgehend Gehör. »Becky und ick würden die Kids gerne for the weekend mit nach Börlin in unsere Villa nehmen. So you will have a little bit time for you!«

Opa Gotthilf schaute ebenso überrascht wie die Matterns, während die Kinder mit lautem Jubelgeschrei durch die Wohnung tobten. Aber er gab den Reynolds' recht. Resa und Tom brauchten unbedingt etwas Zeit für sich.

»Gute Idee, Palmer!«, meinte er deswegen. »Und ich werde die Gelegenheit nutzen und meinen Neffen Friedhelm in Wiesbaden besuchen, den habe ich schon seit Ewigkeiten nicht mehr gesehen. Tom, vielleicht schaust du gleich mal im Internet nach einer passenden

Bahnverbindung, dann könnte ich gleich morgen früh fahren.«

Tom wollte zunächst etwas dagegen einwenden, aber er schwieg dann doch. Vielleicht war es wirklich gut, wenn er mit seiner Frau zwei Tage lang alleine wäre. Er durfte es nämlich nicht länger aufschieben, er musste es ihr endlich sagen.

Kapitel 17

Spiekeroog, November 2014

Harm Harmsen war auf Spiekeroog geboren, er war hier aufgewachsen, hatte hier geheiratet, war hier Vater von drei strammen Söhnen geworden und war hier zusammen mit seiner Frau in Würde gealtert. Denn inzwischen zählte er schon achtundachtzig Lenze und das Alter drückte jeden Tag ein bisschen mehr. Er war das, was man mit Recht einen waschechten Insulaner nennen konnte. In seiner Jugend war er sogar zur See gefahren, aber schon bald hatte er bemerkt, dass der aufkeimende Nordsee-Tourismus nach dem 2. Weltkrieg wesentlich lukrativer war als die tägliche Knochenmaloche eines Fischers.

Darum hatte er mit seiner Frau eine Pension eröffnet. Eine kleine, aber feine Einrichtung und im Sommer immer ausgebucht. Die Familie Harmsen hatte in den vergangenen Jahrzehnten gut davon leben können, wenn auch die großen Sprünge nicht möglich gewesen waren. Aber warum auch, sie waren hier immer glücklich gewesen, was wollten sie also mehr?

Harm Harmsen liebte Spiekeroog und er kannte jeden Quadratzentimeter dieses Eilandes. Und ebenso wusste er von der Inselgeschichte wie kein anderer. Das war auch der Grund, warum er am Morgen dieses grauen und nassnebeligen 6. Novembers sich aus der warmen Stube seines historischen Inselhauses gequält hatte und mit tippelnden Schritten durch die schmalen Straßen eilte. Sein Ziel war der Drinkeldodenkarkhof.

An jedem 6. November besuchte er diese trostlose Stätte, ein kleines Fleckchen grasbedeckter Erde, umrahmt von einem etwas baufällig gewordenen Holzzaun. Dort legte er Jahr für Jahr einen kleinen Blumenstrauß nieder - vor dem dort aufgestellten Holzkreuz, an welchem ein schwerer Anker lehnte. Eine schlichte Gedenkstätte, wo an die Opfer einer Schiffstragödie erinnert wurde, die sich am 6. November 1854 zugetragen hatte. Über zweihundert Frauen, Männer und Kinder hatten sich an Bord des Segelschiffes »Johanne« befunden, das an diesem Tag vor Spiekeroog während eines schweren Sturmes gesunken war. Siebenundsiebzig Menschen verloren ihr Leben. Die Insulaner hatten die angeschwemmten Leichen geborgen und sie auf dem eigens für sie angelegten »Friedhof für die Heimatlosen«, den man aber in der ureigenen Mundart nur »Drinkeldodenkarkhof« nannte, begraben.

Die Bewohner Spiekeroogs hatten diese Grabstätte stets in Ehren gehalten, im Laufe der Jahrzehnte aber war sie immer mehr zur Touristenattraktion geworden. Das ärgerte Harm Harmsen, der sonst eigentlich froh über die vielen Besucher der Insel war. Doch er konnte es nun mal nicht leiden, wenn die Ruhe der Toten durch trampelnde Füße und klickende Kameras gestört wurde. Er fand das respektlos. Im November allerdings wurde die Insel nur noch von wenigen hartgesottenen Urlaubern besucht. Die Insulaner waren überwiegend unter sich, und so würde er nun ungestört seine Blumen auf dem Drinkeldodenkarkhof ablegen können.

Doch daraus wurde nichts. Gleich als er den Friedhof durch die kleine Pforte betrat, sah er die Frau da liegen. Sie war kaum bekleidet, und als er näher trat, sah er, dass sie in einer riesigen Blutlache lag. Ihr Oberkörper war mit unzähligen Einstichen versehen, die sofort erkennen ließen, dass hier äußerst brutale Gewalt am Werke gewesen war. Hier hatte jemand regelrecht abgeschlachtet!

Harm Harmsen schüttelte sich kurz, aber das war auch die einzige Gefühlsregung, die er zeigte. Er war ein Ostfriese, und Ostfriesen machten von jeher alles mit sich selber aus. Außerdem war er im Krieg gewesen. In Russland hatte er weitaus Schlimmeres gesehen. Der alte Mann drehte sich also in aller Seelenruhe um und verließ mit den Blumen in der Hand die Gedenkstätte. Zehn Minuten später informierte er per Telefon die Wittmunder

Polizei auf dem Festland über den Leichenfund auf dem »Friedhof der Heimatlosen«.

Kapitel 18

Wiesbaden, Januar 2015

»Wie jetzt echt? Keine Zeitungsannonce nach dem Mord auf Spiekeroog?« Friedhelm Schnaller schaute ratlos auf die Hospitantin Silke Bacher, der die Enttäuschung regelrecht ins Gesicht geschrieben stand.

Sie schüttelte den Kopf. »Nein, tut mir leid!«, erwiderte sie. »Ich habe alle Zeitungen des norddeutschen Raumes im Zeitraum von vier Wochen nach dem Mord online gecheckt, nichts! Gleiches gilt übrigens für den darauffolgenden Mord in Heidelberg, auch da hat der Mörder nichts hinterlassen. Jedenfalls habe ich nichts gefunden. Ich kann aber auch etwas übersehen haben.«

Ihr Vorgesetzter schenkte ihr ein mildes Lächeln. »Ach Bacher, so gewissenhaft und akribisch wie Sie bislang gearbeitet haben, schließe ich das an und für sich aus«, lobte er die junge Frau. »Nun denn, der Mörder weicht also von seinem Schema ab«, fuhr er fort. »Wenn wir aber die These weiterverfolgen, dass er jedes seiner Opfer ermordet hat, weil sie eine bestimmte Eigenschaft, ein bestimmtes Merkmal hat. Dass er mit diesen Morden auf sein eigentliches Zielopfer hinweisen will, nämlich einer Frau, die all das in einer Person vereinigt, dann schauen wir doch mal, ob wir in diesen beiden Fällen auch ohne den Hinweis des Täters darauf kommen, warum er gerade diese beiden Opfer ausgewählt hat.«

Schnaller stand auf und schritt an die Tafel, auf der im oberen Bereich mit riesigen Lettern »Spiekeroog« geschrieben stand. Neben Silke Bacher und POK Alfhausen kamen noch einige weitere Mitglieder der Sonderkommission zusammen, um den Ausführungen ihres Chefs zu lauschen.

»Also gut, was haben wir hier?«, begann dieser nun auch unverzüglich. »Ein alter Insulaner findet im November vergangenen Jahres auf Spiekeroog die Leiche von Regina Brandt. Die Frau ist vierundvierzig Jahre alt, verheiratet, Mutter von vier Kindern. Sie ist 1,70 m groß, schlank, hat kurze, brünette Haare. Von Beruf ist sie Industriekauffrau. Sie lebt mit ihrer Familie in Buxtehude. Seit fünfzehn Jahren verbringen die Brandts jede freie Minute auf Spiekeroog, wo ihnen eine Ferienwohnung gehört. Die Hobbys des Opfers sind Lesen und Schwimmen, also nichts, was einen jetzt vom Stuhl haut. Eine ganz normale Frau, so scheint es auf den ersten Blick. Aber was hat der Täter an ihr so besonders gefunden, dass er sie so kaltblütig erstochen hat? Was an ihr ist ungewöhnlich gewesen? Was hat ihn dazu bewogen, sie, nachdem sie schon tot war, weiter so bestialisch mit der

Tatwaffe zu ›bearbeiten‹? Ihr Oberkörper wies dreiundachtzig Einstiche auf, ihre Brüste waren regelrecht zerfetzt. Und nach diesem Massaker setzt er der Frau die Froschaugen auf und legt ihr den Zettel mit dem Wort ›dumme‹ in die Hand.«

Friedhelm Schnaller verstummte und schritt zur nächsten Tafel. »Und dann hier!«, sprach er ruhig weiter. »Enja Valerius, nur vier Wochen später - also im vergangenen Dezember - aufgefunden in der Heidelberger Bergbahn. Das Opfer war einundfünfzig Jahre, unverheiratet, Ärztin. Wohnhaft in Essen. Sie weilte für einen Ärztekongress in Heidelberg. Von der Statur her war sie eher unscheinbar: Genau wie die Frau auf Spiegeroog war sie schlank, hatte ebenfalls kurze, aber graumelierte Haare. Der Täter erwischte sie, als sie mit der historischen Bergbahn unterwegs war zur ›Molkenkur‹ oberhalb des Heidelberger Schlosses. Die einzelnen Waggons sind untereinander schwer einsehbar, deswegen konnte er die Frau unbemerkt zuerst niederschlagen und dann ersticken. Auffällig ist, dass er dieses Opfer anschließend nicht weiter ›behandelte‹. Er ließ die Leiche unversehrt, vielleicht, weil die Zeit fehlte, oder weil er gestört wurde. Doch auch diese Frau bekam die Froschaugen und den obligatorischen Zettel mit dem Wort ›soll‹. Und hier ebenfalls die Frage: Warum hat der Mörder sie ausgewählt?«

Er schaute in die Runde und sah nichts als ratlose Gesichter. Außer jenes von Silke Bacher. Diese schien mit ihren Gedanken meilenweit entfernt zu sein. »Bacher, was glauben Sie?«, wandte Friedhelm Schnaller sich direkt an die junge Frau.

Sie zuckte ertappt zusammen und errötete. »Ääh, also … mmh, keine Ahnung!«, antwortete sie verlegen. »Aber was ich gerade überlegt habe: Der Mörder macht hier schon ein gewaltiges Ding … also, ich meine, logistisch gesehen. Er reist kreuz und quer durch die Republik, für die Auswahl seiner Opfer scheint er akribisch zu recherchieren. Das alles muss ihn doch einiges kosten. Ich meine, ich weiß ja nicht, aber vielleicht hat er bei diesen letzten Opfern ganz einfach keine Annonce mehr geschaltet, weil er Geld sparen wollte. Stattdessen könnte er einen anderen Weg gewählt haben, einen der nichts kostet. Vielleicht hat man sich aber auch geweigert, seine etwas seltsamen Inserate aufzunehmen, und er hat sich deshalb etwas anderes ausgedacht.«

Schnaller und auch die anderen Kollegen sahen sie zweifelnd an. »Und was genau käme da in Betracht?«, wollte POK Alfhausen wissen.

Die blutjunge Polizistin lächelte ihm schüchtern zu. »Nun!«, erwiderte sie leise. »Vielleicht über einen Kommentar im Internet …, also zu den Berichten über die Taten. Jede noch so kleine Regionalzeitung hat heute einen Internetauftritt, auf dem jeder Ottonormalverbraucher seine Meinung zu den veröffentlichten Artikeln äußern kann. Und das zum Nulltarif!«

Friedhelm Schnaller sah die junge Frau mit stechendem Blick an. »Sie glauben also, unser Mörder wollte sparen?« fragte er stirnrunzelnd.

Silke Bacher zuckte mit den Schultern. »Warum nicht?«, entgegnete sie. »Ich kann mir jedenfalls nicht vorstellen, wo er doch so detailverliebt zu sein scheint, dass er auf einmal von seinem Schema abweicht. Er hat zu jedem der ersten vier Morde die gleiche Art von Spuren hinterlassen: Die Froschaugen, die Zettel und die Hinweise in den Zeitungen. Warum sollte er bei den letzten Opfern davon abgewichen sein?«

Schnaller nickte und klatschte kurz in die Hände: »Gut!«, meinte er knapp. »Warum sitzen Sie dann noch hier rum, Bacher? Ab an den PC und bringen Sie mir diese Kommentare. Aber pronto!«

Grinsend sah er der jungen Frau hinterher, die auf sein Kommando hin aufsprang und mit großen Schritten davoneilte. Zeitgleich klingelte das Telefon des Polizeihauptkommissars.

»Schnaller«, meldete er sich mit harscher Stimme und machte ein überraschtes Gesicht, als er hörte, wer am anderen Ende der Leitung war. »Onkel Gotthilf, du?«

Kapitel 19

Angermünde, Januar 2015

»Tschüüüüüüüüß, meine Süßen! Und benehmt euch!«, rief Resa laut und aufgeregt winkend dem riesigen Jeep von Palmer Reynolds hinterher, der neben ihm und seiner Frau Becky auch die vier Mattern-Sprösslinge und Opa Gotthilf verschluckt hatte.

Resa spürte, wie es ihr schwer ums Herz wurde. Die Tränen drängten unaufhaltsam in ihre Augen und flossen bald in Strömen über ihre Wangen. Ihr Mann, der mit langem Gesicht neben ihr stand, hatte die Hände tief in den Hosentaschen vergraben. Er hatte keine Jacke angezogen, was er jetzt, angesichts der sibirischen Temperatur, die an diesem Morgen in Angermünde herrschte, bitter bereute. Als er ihm wohlbekannte glucksende Geräusche an seiner Seite vernahm, verdrehten sich seine Augen sofort in alle Herrgottsrichtungen.

»Herrje noch mal, Frau!«, raunzte er sie an. »Ewig dieses Geflenne! Wenn du dich so schwer von dem Gemüse trennen kannst, dann hättest du sie eben hierbehalten sollen.«

Resa schniefte herzzerreißend und suchte vergeblich nach einem Taschentuch. Schließlich reichte Tom ihr seins mit einem noch längerem Gesicht als vorher. Resa prustete laut in den Stofflappen, ein Überbleibsel aus Toms Bundeswehrzeiten, welches einer kleinen Tischdecke nicht ganz unähnlich war.

»Jaja, Mattern, motz mich ruhig an!«, verteidigte seine Frau sich schluchzend. »Ich heule eben, wenn unsere Kinder nicht bei mir sind. Und du, mein Freund? Dich kann man dann mit der Zange nicht anfassen, so wie jetzt, nicht wahr? Warum gibst du nicht einfach zu, dass dir der Abschied auch schwerfällt.«

Tom schaute sie wütend an. Er hatte nicht schlecht Lust, ihr den Hals umzudrehen. An manchen Tagen regte ihn dieses Frauenzimmer einfach nur auf. Und dieser Tag war so einer! »Blödsinn!«, zischte er. »Mir fehlt nichts, abgesehen von der Tatsache, dass du mir gerade tierisch auf die Eier gehst!« Und damit drehte er sich um und verschwand im Haus.

Seufzend folgte Resa ihm. Natürlich wusste sie, dass sie recht hatte. Wann immer Tom eines seiner Kinder entbehren musste, und wenn es auch nur ein paar Stunden waren, dann war seine Laune im Keller. Wenn dann aber gleich alle vier auf einmal weg waren, dann ging man dem Herrn lieber ein bisschen aus dem Weg. Und das machte seine Frau, die diesen komplizierten Kerl in- und auswendig kannte, auch in diesem Fall. Sie beschloss, ihm ein paar Stunden für sich zu geben, bevor sie dann wirklich reden mussten. Sie wollte endlich wissen, warum Tom sich in den letzten Wochen so seltsam verhalten hatte. Doch dafür musste der Knurrhahn sich erst einmal wieder beruhigen.

Also räumte die blonde Frau an diesem frühen Samstagmorgen in aller Ruhe den Frühstückstisch ab und genoss die Stille in ihren sonst so lärmdurchtränkten vier Wänden. Die Reynolds' hatten sich bereit erklärt, Opa Gotthilf in Berlin am Bahnhof abzusetzen, von wo aus er mit dem ICE nach Frankfurt am Main reisen wollte. Der alte Herr hatte seinen Besuch telefonisch bei seinem Neffen angekündigt, dem einzigen Verwandten, den er noch hatte. Vier Tage wollte er bei ihm in Wiesbaden bleiben. Noch etwa eine Stunde werkelte Resa, tief in Gedanken versunken, in ihrer Küche herum, dann schreckte ein Geräusch sie auf.

Ihr Mann lehnte am Türrahmen und blickte sie ein bisschen verlegen an. Scheinbar hatte sich der Sturm gelegt. »Was meinst du, Liebes?«, sagte er leise. »Wollen wir einen Spaziergang machen?«

Dem bevorstehenden Gespräch mit seiner Frau sah Tom in einer unerwarteten Ruhe entgegen. Das lag vor allem daran, dass ihn knappe dreißig Minuten zuvor sein alter Kumpel Ben Müller, genauer gesagt Dr. Benedict Müller, angerufen hatte und ihm den Brocken auf seinem Herzen zwar nicht zur Gänze genommen, ihn aber doch um einiges tragbarer gemacht hatte. Benedict Müller hatte nach Toms Weggang aus Berlin die Chefarztstelle der Chirurgie des Marienkrankenhauses übernommen, und er machte seine Sache mehr als gut, was auch sein alter Spezi Mattern neidlos anerkennen musste.

Letzterer stand nun im Flur und schaute seiner Frau dabei zu, wie sie krampfhaft versuchte, ihre wilde Mähne unter einer dicken Mütze zu verstauen.

»Warum machst du das eigentlich, my little frog?«, neckte er sie. »Du hast doch so viel Wolle auf dem Kopf, da wirst du doch eh nicht frieren!«

Resa steckte ihm die Zunge raus. »Erstens sollst du mich nicht so nennen, und zweitens höre ich da doch nicht etwa Neid aus Ihren Worten, Herr Dr. Mattern?«, zog sie ihren Angetrauten auf. »Nur weil du an einigen Stellen schon licht wirst, brauchst du hier nicht rumzustänkern!«

Tom schaute sie mit blankem Entsetzen an. »BITTE?«, rief er reichlich ungehalten aus. »ICH SOLL LICHTE STELLEN HABEN? Du bist wohl schon länger nicht mehr übers Knie gelegt worden, Frollein, was?« Drohend näherte er sich der Provokateurin, die ihn aber nur angrinste und dann flugs durch die Tür entschwand.

Schon bald hatte er die Dame wieder eingeholt und hakte sich locker bei ihr unter. Die beiden gingen mit eiligen Schritten den schmalen, mit Schnee bedeckten Sandweg entlang, der sie in ein Wäldchen in der Nähe ihres Grundstückes führte. Inmitten dieses Buchenhains lag ein kleiner Tümpel, der das Ehepaar Mattern von jeher magisch anzog. Und das zu jeder Jahreszeit. Tom hatte dort, schon kurz nachdem sie hierher gezogen waren, eine Bank aufstellen lassen und wann immer man ihn und seine Frau vermisste, konnte man sicher sein, dass man sie hier fand.

Es war klirrend kalt an diesem Vormittag und Tom spürte, wie seine Frau sich auf dem Weg zu »ihrer« Bank immer weiter in ihre dicke Steppjacke einlullte, um dem eisigen Wind zu entgehen.

»Frierst du?«, fragte er augenzwinkernd. Resa nickte und tatsächlich klapperten sogar ihre Zähne ein bisschen aufeinander. Ein Umstand, der ihren Mann unverzüglich auf den Plan rief. Fürsorglich griff er nach ihrer Hand und befreite sie von dem scheinbar nicht sehr effektiven Handschuh. Auch seinen zog er aus. Dann umschlossen seine warmen Finger die eiskalten seiner Liebsten und er steckte seine Hand mitsamt ihrer in seine Manteltasche. Dann zog er seine Frau näher an sich heran. So nah, dass nicht das dünnste Blatt Papier zwischen ihnen Platz gefunden hätte. Früher, in den ersten Jahren ihrer Ehe, hatten sie das oft so gemacht. Aber auch das war, wie so viele kleine Gesten, mit der Zeit ein wenig in Vergessenheit geraten.

Umso mehr genoss Resa nun diesen Augenblick, in dem ihr auf einmal bewusst wurde, dass Tom niemals aufgehört hatte, sie zu lieben. Wie hatte sie sich das nur einreden können? Sie spürte die Wärme seiner Hand und genauso die Wärme der tiefen Gefühle, die er für sie hegte. Die ihr Herz umklammerten, so wie seine Finger ihre in der Tiefe seines Mantels. Urplötzlich schämte sie sich. Natürlich war da was! Das hatte das merkwürdige Verhalten ihres Mannes sehr deutlich zum Ausdruck gebracht. Aber warum zum Teufel hatte sie daraus geschlossen, dass es ein ernsthaftes Problem zwischen ihnen gab? Vielleicht, nein ganz sicher, war es etwas völlig anderes, das ihn belastete und aus irgendeinem Grund konnte er es ihr bislang nicht sagen.

Resa hoffte, dass er jetzt dazu bereit war, aber wenn nicht, dann würde sie ihn nicht drängen. Nein, sie würde ihm zeigen, dass sie ihm vollends vertraute. Und dass sie ihn liebte … mehr denn je. Sie schmiegte sich noch ein wenig enger an ihn, und die beiden gingen schweigend die letzten paar Schritte zu dem kleinen Tümpel inmitten des

Wäldchens, das in der Winterlandschaft noch ein wenig verwunschener aussah als sonst.

Kapitel 20

Wiesbaden, Januar 2015

Gotthilf Schnaller gähnte und nahm sich noch eine Scheibe des wenig schmackhaften und wahrscheinlich schon mehrere Wochen alten Knäckebrots, das er in einem der betagten Küchenschränke seines Neffen gefunden hatte. Seit fast fünfzehn Jahren war Friedhelm nun geschieden, und seitdem hatte sich in dieser Wohnung nichts mehr getan. Noch immer die gleichen Tapeten, noch immer die gleichen Möbel! Kein Wunder, der Junge hatte eben nur seine Arbeit im Kopf.

Mittags hatte Friedhelm ihn vom Frankfurter Bahnhof abgeholt und dann bei seiner Wohnung abgeladen, bevor er weiter ins Bundeskriminalamt gefahren war. Besonders erfreut schien der Kriminalbeamte nicht vom Besuch seines Onkels zu sein, und er hatte ihm auch klipp und klar gesagt, dass er kaum Zeit für ihn haben würde, denn er wäre mit einem dringenden Fall beschäftigt.

Phh!, dachte Gotthilf und nippte an seiner Kaffeetasse. *Als ob er das nicht immer wäre!* Darum war ihm auch seine Gattin stiften gegangen. Was sollte man auch mit einem Mann anfangen, der mit seinem Job verheiratet war, und der in seiner Freizeit den Umgang mit anderen

Menschen weitgehend scheute, diesen sogar als völlig überflüssig einstufte.

In den ganzen zehn Jahren, in denen Gotthilf Schnaller nun bei den Matterns wohnte, hatte sein Neffe ihn gerade zwei Mal besucht und das auch immer nur in Verbindung mit der Teilnahme an einem Polizeikongress in Berlin. Friedhelm Schnaller war ohne jeden Zweifel ein Süchtiger und er brauchte seinen Beruf wie ein Fixer seinen täglichen Schuss.

Was soll's!, überlegte Gotthilf weiter. *Solche Verrückten muss es ja auch geben, und wenn es der Sicherheit unseres Landes dient, bitteschön!* Er würde sich die paar Tage hier schon beschäftigen, und er hoffte inständig, dass der liebe Tom diese Zeit nutzen würde, um daheim wieder Klarschiff zu machen. Der alte Schnaller mochte es nämlich überhaupt nicht, wenn seine Kinder - und das waren Resa und Tom schon seit langem für ihn - nicht auf einer Wellenlänge waren.

Sein Blick fiel auf eine Mappe auf dem Küchentisch, aus der die Ecken von Zeitungsausschnitten hervorlugten. Vielleicht war es pure Langeweile, vielleicht auch ganz einfach nur Neugierde, jedenfalls konnte der alte Mann nicht anders und griff nach der Mappe. Als er sie aufschlug, fiel sein Blick auf die riesige Schlagzeile, die den oben liegenden Artikel dominierte. »Serienmörder schlug schon wieder zu! Diesmal in Lübeck!«

Gotthilf runzelte mit der Stirn. Er erinnerte sich, dass er vor ein paar Wochen einen kurzen Bericht im Fernsehen zu diesem Mord gesehen hatte, konnte sich aber an die Details nicht mehr erinnern. Das war es also! An dieser Sache war Friedhelm dran. Der alte Mann wollte weiterlesen, merkte aber, dass ihm das ohne seine Lesebrille schwerlich gelingen würde. Einen Handgriff später saß das gute Teil dort, wo es hingehörte, nämlich auf der Nase. Mit zunehmender Abscheu vertiefte er sich in den Artikel, der ihn darüber aufklärte, was sich Anfang Januar des Jahres, also vier Wochen zuvor, Widerwärtiges in der Hansestadt ereignet hatte:

Zum siebten Mal innerhalb eines halben Jahres schlug ein Serienmörder zu, dessen Taten an Grausamkeit fast nicht zu überbieten sind. Nach Dresden, Köln, Osnabrück, München, Spiekeroog und Heidelberg suchte er sich diesmal Lübeck für seine Untat aus. Montags nach Neujahr fand ein Passant in den frühen Morgenstunden auf den Stufen vor dem Holstentor einen Gegenstand, der sich bei näherer Betrachtung als eine menschliche Zunge erwies.

Der Passant rief sofort die Polizei herbei, die mit großem Aufgebot das umliegende Gebiet absuchte und schließlich auch fündig wurde. In einem Gebüsch, etwa hundert Meter vom Holstentor entfernt, fand man die Leiche der achtundsechzigjährigen Helma S., die der Täter zunächst erschlagen hatte, um ihr dann auf recht üble Weise die Zunge zu entfernen.

Helma S. war keine Unbekannte in Lübeck. Seit ihrer Pensionierung betreute sie hauptverantwortlich und ehrenamtlich die Telefonseelsorge der Stadt. Man nannte sie wegen ihrer Sensibilität im Umgang mit den Hilfesuchenden und ihrer Gabe, immer die richtigen Worte zu finden, auch »Engelszunge«.

Die Polizei ist überzeugt davon, dass es sich um eine weitere Tat des gesuchten Serienmörders handelt. Zu eindeutig wären die Spuren, die hinterlassen wurden, und die einen unmittelbaren Zusammenhang zu den anderen Mordfällen offenbarten, so Polizeihauptkommissar Friedhelm Schnaller vom BKA Wiesbaden in einem Interview mit unserer Zeitung. Der Täter hätte bei jedem seiner Opfer einen Zettel mit einer kurzen Botschaft hinterlassen. Auch bei Helma S. wäre das der Fall gewesen, bei der die Botschaft des Mörders »Ewigkeit« gelautet hätte. Zwischenzeitlich konnte von der Soko »Zettel« aus den bislang aufgefundenen sieben Wörtern ein Satz gebildet werden, der aber aus ermittlungstechnischen Gründen vorerst nicht veröffentlicht werden soll. Kommissar Schnaller bittet die Bevölkerung dringend um sachdienliche Hinweise in diesem neuerlichen Mordfall, aber auch weiterhin zu allen bereits früher geschehenen Taten des Serientäters. Angaben dazu können auf jeder Polizeidienststelle des Landes gemacht werden.

Gotthilf ließ den Artikel auf den Tisch sinken und schüttelte sich. Unfassbar, wozu ein Mensch fähig sein konnte. Er fühlte sich angewidert, aber irgendwie interessierte ihn der Fall oder besser gesagt diese Fälle, auch. Ein Blick auf die Uhr sagte ihm, dass es gleich sechzehn Uhr durch war. Vielleicht war es ja keine schlechte Idee, seinen Neffen höchstpersönlich vom BKA abzuholen und mal zu schauen, was er da so trieb. Hatte er eigentlich schon immer mal machen wollen. Einfach nur gucken, wie die da arbeiteten. Und wer weiß, vielleicht konnte er den Jungen zu einem gemeinsamen Abendessen überreden.

Der alte Mann räumte gewissenhaft den Tisch ab und stellte das Geschirr in die Spüle. Dann nahm er seinen Hut und den Mantel und machte sich auf den Weg.

Kapitel 21

Angermünde, Januar 2015

Seit fünf Minuten saß das Ehepaar Mattern nun schon auf ihrer Bank in dem kleinen Buchenhain und starrte schweigend auf den kleinen Tümpel. Glitzernde Schneeflöckchen tanzten durch die Luft und bedeckten den öden Waldboden mit einem edlen Teppich. Resa hatte ein wenig gehofft, dass Tom sie auf seinen Schoß ziehen würde, so wie er es früher oft an diesem Ort getan hatte, aber das war nicht geschehen. Nur ihre Hand hatte er nicht wieder hergegeben. Die hielt er nach wie vor fest umschlossen, fast so, als wenn er Angst hätte, dass sein Mädel ihm davonliefe.

Er kämpfte mit sich, suchte nach den richtigen Worten. Denn wenn er die Hiobsbotschaft jetzt auch ein bisschen abmildern konnte, so wusste er doch, dass Resa traurig und wahrscheinlich auch sauer sein würde. Aber es half ja nichts, da musste er jetzt durch. Vorsichtig blickte er zur Seite und musste sofort lächeln. Die Wangen seiner Liebsten waren von der Kälte leicht gerötet und unter ihrer Mütze lugten ein paar ihrer Korkenzieherlocken hervor. Sie sah einfach bezaubernd aus und gleich begann das Herz des Arztes wieder zu hüpfen.

Resa hatte mittlerweile bemerkt, dass ihr Mann sie ins Visier genommen hatte. »Ääh, was guckst du denn so?«, fragte sie ein bisschen verlegen.

Tom grinste sie an. »Wie guck ich denn, Süße?«

»Na, … so eben!«, führte die Blondine nicht wirklich erklärend aus.

»Mmh!«, meinte der gutaussehende Kerl, den sie jetzt schon seit zehn Jahren den ihren nannte. »Vielleicht kann ich ja nicht anders, als so zu gucken!«, tat er weiter unwissend und sah sie noch ein wenig intensiver an.

Resas Wangen wurden noch roter, nur hatte die Kälte an diesem Umstand keinerlei Schuld mehr. Sie fühlte sich plötzlich wieder wie ein blutjunger Backfisch, so frei, so leicht und so verliebt. Und wer war dafür verantwortlich? Natürlich Tom Mattern, der es auch nach so vielen Jahren ihrer Beziehung immer noch mühelos schaffte, sie wie eine Tür aus den Angeln zu heben und völlig neben der Spur stehen zu lassen und das nur mit einem Blick aus seinen unfassbar grünen Augen.

»Ääh!«, räusperte sich ihr Mann, nicht wenig belustigt.

»Gleich sabberst du!«

Resa zuckte ertappt zusammen. »Na, dann hör eben auf damit!«, zickte sie ihn an.

»Womit?«, setzte Tom noch mal nach, hob dann aber beschwichtigend seine Hand, als er sah, dass seine Frau das nicht mehr witzig fand. Außerdem war er ja auch nicht mit ihr hierher gegangen, weil er sie necken wollte, sondern weil es etwas zu klären gab. Darum sammelte er sich jetzt noch mal kurz und begann dann leise zu sprechen.

»Hör zu, Schatz, ich werde dir jetzt sagen, was in den letzten Wochen mit mir los war. Es fällt mir nicht ganz leicht, also wäre ich froh, wenn du mich zu Ende reden lässt, ohne mich zu unterbrechen ... Also! Als wir vor ein paar Wochen an Weihnachten deine Eltern in Berlin besucht haben, hat mich deine Mutter zur Seite genommen, weil sie meinen Rat wollte. Reg' dich jetzt bitte nicht auf, ja? Man hat schon im vergangenen Herbst bei ihr einen Hirntumor diagnostiziert. Die positive Nachricht ist, dass es sich um ein Akustikusneurinom handelt, also einer gutartigen Geschwulst. Die schlechte Nachricht hingegen ist, dass der Tumor binnen kürzester Zeit, nämlich bis Weihnachten ungewöhnlich schnell gewachsen ist, und man ihr dringend zu einer Operation angeraten hat.

Du kannst dir vorstellen, wie geschockt ich war, erst recht, als sie mir sagte, dass noch niemand von dem Tumor weiß, auch dein Vater nicht. Sie wolle niemanden damit belasten, hat sie gemeint. Ich bin dann mit ihr am 1. Weihnachtstag unbemerkt von euch allen ins Marienkrankenhaus gefahren, wo Ben Müller und ich sie nochmals gründlich untersucht haben. Dabei stellten wir fest, dass ein Eingriff nach der herkömmlichen Methode, also mit Öffnung der Schädeldecke, aller Wahrscheinlichkeit zu lebensbedrohlichen Komplikationen führen würde, weil deine Mutter ja seit einigen Jahren auch Probleme mit dem Herzen hat und das einer mehrstündigen Operation alles andere als dienlich ist. Auch die uns bislang bekannten alternativen Behandlungsmethoden durch Lasertechnik scheiden aus, weil der Tumor unmittelbar am Sehnerv sitzt und durch eine intensive Bestrahlung eine Erblindung nicht auszuschließen ist. Du kennst deine Mutter und weißt, was das für sie bedeuten würde. Andererseits wächst dieses Scheißding auch so unverhältnismäßig schnell, dass sie früher oder später eh das Augenlicht verliert und wer weiß, was sonst noch, wenn du verstehst, was ich meine.

Ich habe deswegen mit Müller in den vergangenen Wochen nach einer anderen Möglichkeit gesucht. Wir haben rund um den Erdball telefoniert und erst heute Nacht ist Ben fündig geworden. In Australien - genauer gesagt in Sydney. Das dortige Medical Center hat ein neues Laserverfahren entwickelt, bei dem die Strahlen millimetergenau auf den Tumor gerichtet werden können und zudem auch noch von einer anderen, harmloseren Strahlung umkapselt sind. Deshalb besteht keine unmittelbare Gefahr für den Sehnerv. Die Behandlung kostet zwar ein Vermögen, aber ich denke, das werden wir hinbekommen. Ich habe schon mit deiner Mutter telefoniert, und der ist natürlich genau wie mir ein Stein vom Herzen gefallen.

Ich weiß, dass du jetzt wahrscheinlich stinksauer bist, dass ich dir das vorenthalten habe, aber deine Mutter hatte mich darum gebeten, es für mich zu behalten. Erst jetzt hat sie grünes Licht gegeben, nachdem es Anlass zur Hoffnung gibt.«

Tom blickte zur Seite und sah, dass Resa weinte. Er zog sie ganz fest in seine Arme und wiegte sie, bis sie sich beruhigte.

»Ich bin nicht sauer, Tom«, sagte sie schließlich mit ernster Miene. »Höchstens auf meine Mutter, dass sie es mir nicht gesagt hat, aber das werde ich noch mit ihr klären.«

Ihr Mann schüttelte ungläubig den Kopf, aber man sah ihm seine Erleichterung an. Da sollte noch einer diese Weiber verstehen. Er war felsenfest davon ausgegangen, dass Resa ihm nach dem ersten Schock den Kopf abreißen würde. Und wieder einmal überraschte sie ihn, was nicht heißen sollte, dass er ihr ebenfalls Vorwürfe ersparen würde, zu sehr hatte ihn ihr Misstrauen verletzt.

»Gut, aber wir beide haben dann ja trotzdem noch etwas zu klären!«, meinte er ernst. »Oder warum reimst du dir in deinem hübschen Köpfchen zusammen, dass ich dich betrügen würde und steckst das dann auch noch Opa Gotthilf?«

Resa blickte schuldbewusst zu Boden. Sie wusste, dass sie Mist gebaut hatte, auch wenn Tom nun wirklich nicht unschuldig an der Situation gewesen war.

Das Ehepaar war so sehr auf sich konzentriert, dass es das leise Knirschen des Schnees und das sachte Brechen von kleinen Zweigen, die am Boden lagen, nicht bemerkt hatte. Sie waren nicht mehr alleine. Doch nahmen sie das erst wahr, als sich ein Arm in unheilvoller Absicht über ihnen erhob.

Kapitel 22

Wiesbaden, Januar 2015

»Onkel Gotthilf, ich weiß echt nicht, ob das eine so gute Idee ist, dass du hier bist!« Polizeihauptkommissar Friedhelm Schnallers Begeisterung über die Visitation seines Verwandten im Bundeskriminalamt hielt sich in Grenzen.

»Wieso gehst du nicht im Schlosspark Biebrich spazieren oder besuchst den Zoo?«

Der alte Mann sah seinen Neffen strafend an. »Hast du eine Ahnung, wie kalt es draußen ist, mein Junge?«, murrte er. »Und im Zoo bin ich doch ständig mit den Kindern. Wir haben eine Dauerkarte für den Tierpark von Angermünde. Außerdem schau mal auf die Uhr! Da ist doch längst geschlossen, Mensch. Lass mich doch hier mal ein bisschen zugucken! Ich störe auch nicht, versprochen.«

Friedhelm Schnaller blickte kurz hilfesuchend zur Decke, nickte dann aber mit zerfurchter Stirn. »Na gut!«, stimmte er brummend zu. »Aber wenn doch, fliegst du hochkant raus, verstanden? Was ist, magst du einen Kaffee?« Er wertete das Lächeln seines Onkels als ein Ja und schenkte ihm eine Tasse des frisch aufgebrühten Getränks ein. »Also eigentlich schieben wir ja am

Wochenende nicht häufig Dienst. Aber es sieht so aus, als gäbe es neue Anhaltspunkte in dem Fall, den wir zurzeit bearbeiten, und deswegen heißt es ›dranbleiben‹.«

Der Ältere setzte sich auf den Stuhl gegenüber und wärmte sich die kalten Hände an dem warmen Kaffeebecher. »Komm hör auf, Friedhelm!«, meinte er verschmitzt. »Als ob ich nicht wüsste, dass du Tag und Nacht in deinem Büro bist und das auch an jedem Wochenende. Aber bitteschön, wenn es dir gefällt. Erzähl mir mehr über diesen Fall!«

Seufzend wollte sein Neffe dieser Aufforderung gerade Folge leisten, als eine sichtbar übermüdete Silke Bacher zur Tür hereinkam. »Später, Onkel Gotthilf!«, meinte er deswegen aufatmend. »Ich muss jetzt erst mit der Kollegin sprechen.«

Der alte Schnaller zuckte mit den Schultern und erhob sich. Er trat mit dem Kaffeebecher in der Hand an die Tafeln, an denen jeder einzelne der sieben Mordfälle akribisch dokumentiert war, während die junge Polizistin Bacher sich auf den freigewordenen Stuhl fallen ließ.

»Himmel, was für ein Tag!«, stöhnte sie gequält. »Erst habe ich Kontakt aufgenommen mit allen Zeitungen, in denen die Annoncen zu den ersten vier Morden erschienen waren. Dachte mir, die müssten mir doch sagen können, wer da inseriert hat. Konnten sie auch. In allen

Fällen wurden die Inserate von einer Person namens Gunter Bollmann online aufgegeben, der das Geld dafür auch immer sofort überwiesen hat. Alle vier Anzeigen wurden in der jeweiligen Stadt von einem Internet-Cafe aus geschaltet. Gezahlt wurde von einem Konto der Deutschen Bank in Berlin, das wiederum eröffnet wurde von diesem besagten Gunter Bollmann, wohnhaft in Berlin-Mitte. Die Daten, die er angegeben hat, scheinen zu stimmen, und auch der Personalausweis, den er vorgelegt hat, war echt. Das sagt jedenfalls unser Computer.

Dennoch scheint es eine Sackgasse zu sein, jedenfalls hat ein Gunter Bollmann nur drei Tage vor dieser Kontoeröffnung seinen Ausweis und seine Börse für verlustig erklärt und das bei der Polizei Berlin auch angezeigt. Es sieht also so aus, als wenn die Identität dieses Mannes missbräuchlich genutzt wurde. Nichtsdestotrotz haben wir die Kollegen der Hauptstadt diesbezüglich informiert, und sie werden den Mann eingehend überprüfen. Bislang konnten sie ihn aber noch nicht erreichen. Darüber hinaus hoffen wir, dass es eventuell noch Aufnahmen dieses ›Herrn‹ aus der Kameraüberwachung der Bank gibt. Man wird das dort checken und sie geben uns dann so schnell wie möglich Bescheid.«

PHK Schnaller nickte zufrieden und lauschte interessiert den weiteren Ausführungen der jungen Hospitantin.

»Ja, und dann habe ich mich wieder vor den Bildschirm gesetzt und die Online-Artikel zu den anderen drei Morden gecheckt. Haben Sie eine Ahnung, wie viele das sind? Es sind Tausende. Bis gerade eben habe ich gebraucht, um einen Großteil davon durchzuackern, aber ich glaube, dass ich das mit Erfolg getan habe.« Sie zeigte auf den Notizblock, den sie in den Händen hielt.

»Nun schießen Sie schon los, Bacher!«, forderte sie Friedhelm Schnaller ungeduldig auf.

»Ja doch!«, erwiderte die junge Frau hastig. »Zu dem Fall auf Spiekeroog habe ich Folgendes gefunden, das eventuell passen könnte: ›Deine Brüste haben genährt, doch jetzt sind sie dahin. Weinen sollen sie, deine vier Kinder!‹«

PHK Schnaller lief ein Schauer über den Rücken.

»Weiter!«, sagte er knapp.

Silke Bacher nickte und fuhr fort. »Zu dem Fall in Heidelberg könnte das hier passen: ›Der Eid des Hippokrates konnte dich nicht retten, jetzt bist du hinüber!‹ Ja, und im Fall Lübeck ist mir auch etwas ins Auge gefallen: ›So schön hat deine Engelszunge gesprochen, doch am Ende hat sie dir die ewige Dunkelheit gebracht!«

Die Hospitantin Bacher verstummte und sah PHK Schnaller abwartend an. Keiner achtete auf den betagten Besucher des Bundeskriminalamtes, der sich gerade angewidert die Fotografien der sieben Mordopfer ansah.

»Gute Arbeit, Bacher!«, lobte indes der Kommissar die blutjunge Kollegin. »Fassen wir also zusammen! Wir haben diesen Satz: ›Diese dumme Schlampe soll leiden in Ewigkeit‹, bei dem wir der Auffassung sind, dass ein weiteres Opfer zu erwarten ist, weil ein Punkt oder ein Ausrufezeichen fehlt. Ebenso sind wir zu dem Schluss gekommen, dass die Opfer bewusst ausgesucht wurden, weil sie ein ganz bestimmtes Merkmal oder eine Eigenschaft haben, auf die uns der Mörder mit seinen Annoncen und mit den Kommentaren im Internet selbst hingewiesen hat. Und wir haben die Vermutung, dass das potentielle Opfer all diese Dinge in sich vereint. So weit, so gut! Also Bacher, wen suchen wir jetzt? Sagen Sie es mir!«

Die Polizistin lehnte sich zurück und schaute nochmals auf ihren Notizblock, auf dem sie alle ihre Recherchen fein säuberlich aufgeschrieben hatte.

»Okay!«, begann sie. »Wir suchen eine Frau mit einem guten Herzen und mit helfenden Händen. Mit langen, blonden Haaren und leuchtend blauen Augen, eine Mutter von vier Kindern, die Ärztin ist. Eine Frau mit einer Engelszunge, was dann wohl heißt, dass sie für jeden ein gutes Wort hat. Mmh, toll! Auch wenn wir so den Kreis der in Frage kommenden Opfer stark einschränken können, so dürften es dennoch viel zu viele sein, um rechtzeitig die richtige Frau zu finden.«

Die beiden Beamten achteten immer noch nicht auf den alten Herrn, der sich mittlerweile zu ihnen umgedreht hatte und seltsam aufgeregt wirkte, darüber hinaus leichenblass war.

»Sicher sind es noch zu viele!«, pflichtete Friedhelm Schnaller der Polizistin bei. »Aber wir haben ja noch einen weiteren Hinweis. Die Froschaugen! Warum zum Teufel hat der Mörder jeder dieser Frauen diesen Karnevalsschmuck aufgesetzt?«

In diesem Moment schrak er genau wie Silke Bacher fürchterlich zusammen, denn neben ihnen knallte sein Onkel hart auf den Linoleumboden des großen Büros. Er kippte einfach so um. Wie ein morscher Baum im Wind! Und noch im Fallen umfing ihn eine Ohnmacht. Gotthilf Schnaller flüchtete einfach so in die weite Welt der Ahnungslosigkeit, denn die gerade gewonnene Gewissheit war so unerträglich, dass er sie bei Bewusstsein nicht hatte aushalten können.

Kapitel 23

Angermünde, Januar 2015

»Auuuuuua!«, johlte Dr. Tom Mattern, als eine abgewetzte Handtasche aus Kunstleder zum wiederholten Male auf seinen Schädel gedonnert wurde. Er versuchte aufzuspringen, aber die Angreiferin hielt ihr Opfer mit der einen Hand im stählernen Griff, während die andere das Täschchen weiter schwang.

»Sagen Sie mal, Frau Bogener!«, schrie der gepeinigte Arzt. »Haben Sie noch alle Latten am Zaun, oder was soll dieser Überfall?«

Alma Bogener ließ sich durch die »Anmerkungen« ihres Opfers nicht beirren und drosch weiter mit hassverzehrter Miene auf den armen Mann ein. Dessen Ehefrau war nach dem Beginn der Attacke zunächst kurz geschockt gewesen, hatte dann aber einen Lachkrampf bekommen, zu urig war es, dass der Herr Doktor von einer Patientin vermöbelt wurde. Jetzt aber, nachdem sie sich minutenlang ausgeschüttet hatte vor Lachen, wusste sie, dass es Zeit war, einzugreifen.

»Frau Bogener, bitte beruhigen Sie sich doch!«, versuchte sie die scheinbar durchgedrehte Frau zu stoppen. »Lassen Sie doch bitte meinen Mann am Leben!

Der kann schließlich auch nichts dafür, dass Sie glauben, Krebs zu haben. Außerdem habe ich Ihnen doch schon gesagt, dass Sie sich keine Sorgen machen müssen.«

Resa hatte eindringlich auf die Schlägerin eingeredet, die plötzlich innehielt und die andere Frau verdattert anstarrte.

»Was haben Sie gesagt?«, rief Alma Bogener irritiert. »Sie glauben also, ich verhaue diesen Taugenichts, weil ich glaube, Krebs zu haben? Natürlich habe ich keinen Krebs, ich könnte höchstens welchen kriegen, wenn ich so einen Widerling vor mir sehe.« Und schon setzte sie ihre Prügelattacke fort und briet dem Arzt erneut ihre Handtasche über.

»Jetzt ist aber mal gut!«, schrie Resa und riss der Verrückten ihr Schlagwerkzeug aus der Hand. »Ich kann mir nicht vorstellen, was mein Mann Ihnen angetan haben könnte, und wenn da doch etwas ist, so rechtfertigt das noch lange nicht, dass man ihn schlägt, verflixt noch mal.« Alma Bogener ließ Tom los, der sofort von der Bank aufsprang und einen Sicherheitsabstand zwischen ihm und der Angreiferin herstellte.

Diese verschränkte jetzt schweratmend die Arme vor ihrer Brust und sah Resa mitleidig an. »Ach Frau Doktor, Sie müssen mir doch nichts vormachen!«, meinte sie mit wissendem Blick. »Bei meinem Otto war es schließlich damals genauso. Erst hat er angefangen zu saufen, und dann hat er rumgehurt. Zunächst heimlich, doch dann hat er mich mit seiner Schlampe vor ganz Angermünde zur Lachnummer gemacht. Ich habe Jahre gebraucht, um darüber hinwegzukommen. Das soll Ihnen nicht geschehen, weil wir Sie doch alle hier so mögen, Frau Doktor. Deswegen dachte ich, dieser Hallodri bekommt mal eine Lektion von mir.«

Tom schnappte schon nach Luft, um seine Verteidigungsrede herauszuschmettern, aber Resa deutete ihm durch ein Handzeichen, dass er schweigen solle. Sie wusste im Moment selbst nicht, wie sie am besten reagieren sollte. Einerseits nervte sie die permanente Einmischung dieser Tratschtante, andererseits war sie aber auch irgendwie gerührt über Alma Bogeners Aktion und konnte ihr nicht wirklich böse sein.

»Mmh, ich weiß ja nicht, was Sie da gehört haben«, sagte Resa sanft. »Sie haben uns doch belauscht, oder? Macht man ja eigentlich nicht, aber wenn Sie besser zugehört hätten, dann wüssten Sie jetzt, dass das alles ein Irrtum war. Mein Mann liebt mich und er ist mir treu … und saufen tut er auch nicht. Das letztens, das war lediglich ein Ausrutscher. Mensch, Frau Bogener, Sie wissen doch, wie das ist. Manchmal stellt einen das Leben vor Herausforderungen, und nicht immer hat man für alles die richtige Lösung gleich parat. Dann kann man schon mal kurzzeitig den Weg verlieren. Wichtig ist doch aber, dass man zu ihm zurückfindet, und glauben Sie mir, mein Mann ist schon längst wieder in der Spur. Wenn Sie mich also mögen, wie Sie sagen, dann tun Sie mir einen Gefallen und seien Sie wieder gut zu ihm. Ich liebe ihn nämlich! Sehr!«

Tom hatte die Worte seiner Frau mit geballter Faust verfolgt. Wenn es nach ihm gegangen wäre, dann hätte diese alte Schnepfe eine gewaltige Abreibung bekommen, stattdessen kam er ein weiteres Mal in den Genuss, seiner Frau bei einer »Krisenbewältigung« zuzusehen. Und wieder war sie erfolgreich! Alma Bogener verwandelte sich von der bösen Wölfin in ein braves Schäfchen, lächelte erst der Frau Doktor, dann dem Herrn Doktor zu, nahm ihre Tasche an sich und wandelte friedlich des Weges. Verließ den Ort des Geschehens. Einfach so!

Tom konnte es nicht fassen. »Boah Resa, verdammt!«, schimpfte er lauthals. »Willst du eigentlich in den Himmel, oder was soll das fromme Gequatsche? Die Alte hätte echt eine Ansage verdient gehabt!«

Seine Frau schaute ihn böse an. »Halt den Mund, Tom Mattern!«, forderte sie ihn unmissverständlich auf. »Hättest du mich wirklich betrogen, hättest du die Haue ja auch mehr als verdient gehabt. Außerdem ist niemanden damit gedient, wenn sie in ganz Angermünde Schlechtes über uns verbreitet. Und jetzt lass uns nach Hause gehen, ich habe Hunger und würde gerne etwas essen.«

Tom schluckte prompt seinen Ärger runter und grinste sie lüstern an. »Gute Idee, my little frog!" meinte er augenzwinkernd. »Aber vor dem Essen könnten wir doch eigentlich noch ein Nümmerchen schieben, oder? Wo wir doch sturmfreie Bude haben.«

Resa verdrehte die Augen im Kopf. »Ooooah Tom, bitte!«, meckerte sie und stapfte durch den Schnee davon. Ihr Mann sah ihr ratlos hinterher. »Ja, was denn? Erst danach schreien, und dann ist das auch wieder nicht richtig! Weiber!«, rief er in ihre Richtung, folgte ihr dann aber auf dem Fuße.

Kapitel 24

Zur gleichen Zeit in Wiesbaden

»Onkel Gotthilf, wenn du dich nicht beruhigst, dann werde ich doch noch den Notarzt verständigen.« Friedhelm Schnallers mahnende Worte drangen nur langsam in das Gehirn des alten Mannes, zu aufgewühlt war er von dem, was er in den Sekunden vor seiner plötzlichen Ohnmacht zu hören und zu sehen bekommen hatte. Er nahm einen Schluck von dem Wasser, das Silke Bacher ihm reichte und zwang sich, tief durchzuatmen, denn es war jetzt wichtig, dass sein Neffe ihm glaubte. Ihn nicht zu einem senilen, alten Greis abstempelte, der Gespenster sah, wo keine waren.

»Bitte Fidi!«, benutzer er absichtlich den Kosenamen des Jüngeren. »Ich bilde mir das nicht ein, verflixt! Die Frau, nach der ihr sucht, dabei kann es sich nur um Resa handeln. Alles, was ihr gesagt habt, trifft auf sie zu. Sie hat lange blonde Haare, blaue Augen, sie ist Ärztin und Mutter von vier Kindern, und sie hat ein gutes Herz.«

»Verdammt, Onkel Gotthilf!«, unterbrach ihn der Beamte wie schon bei den vorangegangenen Erklärungsversuchen. »Das trifft wahrscheinlich auf Hunderte von Frauen in Deutschland zu. Ich habe Resa kennengelernt, und mir würde nicht im Traum einfallen, wer dieses bezaubernde Wesen derart hassen könnte, dass das solche Verbrechen zur Folge hätte. Mal abgesehen davon, dass es schon ein gewaltiger Zufall wäre, wenn das mögliche achte Opfer des Serientäters ausgerechnet die Mitbewohnerin von dir wäre. Dem Onkel des leitenden Ermittlers! An solche Zufälle glaube ich nicht.«

Auf leisen Sohlen war der Chefprofiler Richard Alfhausen zu der kleinen Gruppe gestoßen. »Ach ja?«, mischte er sich stirnrunzelnd ein. »Hast du mir nicht erst gestern gesagt, Fidi, dass uns vielleicht nur Kommissar Zufall hier weiterhelfen könnte, wenn wir die Frau rechtzeitig finden wollen? Lass den alten Mann doch mal aussprechen! Vielleicht ist da ja etwas dran!«

Gotthilf nickte zustimmend und nahm noch einen Schluck Wasser. Plötzlich war er ganz ruhig. Denn er war sich sicher. Die Gefahr war für ihn fast körperlich zu spüren. Es ging um Resas Leben, und vielleicht konnte nur er es schaffen, dass nichts Schlimmes mit ihr passierte.

»Es ist nicht nur das Aussehen oder die Merkmale, weswegen ich glaube, dass es sich um Resa handeln muss«, erklärte er den beiden Männern und der Polizistin Bacher mit fester Stimme. »Fidi, überleg' doch mal selbst! Zweimal hast du mich bei den Matterns besucht, und du hast dich immer ein wenig über Resa und Tom lustig gemacht. Dass sie sich immer streiten oder necken, und dass sie bei jeder Gelegenheit hinter allen möglichen Ecken verschwinden, um zu schmusen oder sich zu begrabbeln. Am meisten hast du dich aber amüsiert über Toms Spitznamen für seine Frau, erinnerst du dich?«

Friedhelm Schnaller sah den alten Mann genervt an. »Bitte? Er nennt sie Resa – als Kürzel ihres eigentlichen Vornamens Theresia. Nichts daran ist ungewöhnlich!«

Gotthilf schüttelte den Kopf. »Nein, das meine ich nicht. Denk nach, verdammt! Wie nennt er sie, wenn er sie ärgern will?«

Friedhelm raufte sich die Haare, dann aber war es ihm, als wenn er einen Schlag mit einer Dachlatte abbekommen hätte. »Ach du Scheiße!«, murmelte er erschüttert und sackte in sich zusammen. Nur der schnellen Reaktion von Polizistin Bacher, die ihm blitzschnell einen Stuhl unter den Hintern schob, war es zu verdanken, dass nicht binnen einer halben Stunde ein zweites Mal ein Schnaller zu Boden ging.

»Na, was denn?«, rief POK Alfhausen ungeduldig aus. »Wie nennt er sie denn nun? Jetzt spuckt es endlich aus, verdammt!«

Das Gesicht seines Kollegen Schnaller hatte jegliche Farbe verloren. Er sah aus, als wenn er sich gleich übergeben müsste. »Frog!«, sagte er tonlos. »Verstehst du? Er nennt sie Frosch!«

Auch den anderen beiden Polizisten wurde es nun ganz anders. Sollte es tatsächlich möglich sein, dass sie auf diesem ungewöhnlichen Weg die Fährte des Mörders hatten aufnehmen können? Und war dieser Täter, der sich grausam und menschenverachtend durch die Republik gemetzelt hatte, am Ende im unmittelbaren Umfeld ihres Vorgesetzten zu finden? Unfassbar, dieser Gedanke! Silke Bacher nahm ihren Notizblock zur Hand und blätterte ihre Aufschreibungen durch, während Friedhelm nach Gotthilfs Wasserglas griff und einen tiefen Schluck nahm.

»Aber wieso sollte Tom Resa töten wollen?«, fragte er aufgewühlt.

Sein Onkel sah ihn an, als wenn er ihm am liebsten eine Backpfeife verpasst hätte. »Hä?«, stieß er empört aus. »Bist du bescheuert? Tom könnte Resa niemals etwas zuleide tun, er liebt sie mehr als sein Leben. Habe ich doch auch mit keinem Wort gesagt, dass ich glaube, der Mattern wäre der Übeltäter. Nein, er ist sicher nicht der Mörder, aber sie ist ganz sicher das nächste Opfer.«

Richard Alfhausen schüttelte mit dem Kopf. »Na ja, ganz sicher ist das aber auch noch nicht!«, wandte der Profiler ein.

»Doch, es ist sicher!«, vernahm man die Stimme der jungen Hospitantin aus dem Hintergrund, die selbstbewusst auf ihre Notizen zeigte.

Kapitel 25

Angermünde, Januar 2015

Das Essen hatte warten müssen, ebenso die Freizeitgestaltung nach den Vorstellungen des Herrn Dr. Mattern. Denn Resa hatte es ans Telefon gezogen, um ihrer Mutter gewaltig die Leviten zu lesen, um danach dann mehrere Minuten lang gemeinsam mit ihr zu weinen. Währenddessen verarztete Tom in der Praxis das aufgeschlagene Knie eines Nachbarkindes und anschließend die Brandwunde, die sich sein Lieblingspizzabäcker beim Zubereiten einer Calzone zugezogen hatte.

Ein Arzt hat nie Feierabend, ein Landarzt erst recht nicht. Das hatten Resa und Tom in den vier Jahren, in denen sie nun in Angermünde lebten und praktizierten, begreifen müssen. Es war aber kein Problem für sie, auch wenn sie diese ärztlichen Versorgungen außerhalb der Praxiszeiten nicht vergütet bekamen, weil Vater Staat und die Krankenkassen die Patienten lieber dreißig Kilometer weit entfernt in einer Notfallpraxis behandelt sehen wollten. Nicht für jeden war das einzusehen und viele versuchten ihr Glück weiter beim Hausarzt. Das erging auch den Matterns nicht anders, und es machte ihnen, wie gesagt, im Normalfall auch nichts aus, nur heute kam der Zulauf eher ungelegen, denn eigentlich wollten die beiden die unerwartete Zweisamkeit für sich nutzen. Daher stellte Tom, als er den feschen Peppone endlich fertig verarztet und zur Tür hinausbugsiert hatte, die Klingel aus und zog sicherheitshalber auch noch die Vorhänge der Praxis zu. Dann ging er nach oben.

Resa hatte ihr Telefongespräch zwischenzeitlich beendet. Schon in drei Tagen würde ihre Mutter nach Sydney fliegen, um sich dort in Behandlung zu begeben. Sicher würde alles gut gehen. Es musste einfach so sein! Jetzt stand Resa in der Küche und schnitt eine Salatgurke klein, als sie auf einmal kräftige, maskuline Arme umschlangen und heiße Lippen die zarte Haut ihres Halses brandmarkten.

»Tom, lass doch mal!«, wollte sie ihn abwehren, aber im Grunde genommen meinte sie nicht, was sie sagte, und das erkannte auch ihr Mann sofort. Deswegen nahm er ihr das Messer aus der Hand und legte es auf die Anrichte. Mit einer knappen Bewegung drehte er Resa in seinen Armen um und küsste sie. Zunächst sanft und voller Zärtlichkeit, dann mit einer wachsenden Leidenschaft, die schon bald den Boden unter den Füßen des Paares schwimmen ließ, so fühlte es sich jedenfalls an.

Nach unglaublichen Minuten löste Tom sich von seiner Frau und sah sie mit schimmernden Augen an. »Wow, meine Süße, das haben wir schon lange nicht mehr gemacht, oder?«, raunte er heiser.

Die blonde Frau streckte ihm die Zunge raus. »Nicht meine Schuld, Mattern!«, zog sie ihn auf, was der natürlich nicht ungestraft so stehen lassen konnte. Spielerisch, aber durchaus auch ein wenig schmerzhaft, kniff er seinem Mädel in die Pobacken, was Resa laut quietschen ließ. Im Gegenzug wollte sie ihm auf die Finger hauen, das ging aber nicht, weil die Krakenarme ihres Mannes sie wieder in eine Gefangenschaft nahmen, aus der es kein Entkommen gab.

»Sei dir gewiss, Theresia Mattern«, flüsterte Tom ihr ins Ohr. »Was versäumt wurde, wird nachgeholt. Und zwar doppelt und dreifach!« Noch einmal küsste er sie wild und verwegen, mit unbändiger Begierde, dann ließ er sie frei, zwinkerte ihr noch kurz zu und verließ dann das Zimmer.

Resa atmete tief ein und aus und musste sich glatt auf der Anrichte abstützen. Es war unglaublich. Noch nach zehn Jahren Ehe brannte das Feuer zwischen ihnen lichterloh. In den letzten Wochen zwar eher auf Sparflamme, aber das war ja zum Glück geklärt. Sie hörte Tom nebenan telefonieren und seufzte. Hoffentlich musste er jetzt nicht weg zu einem Patienten. Sie würde so gern den Abend mit ihm verbringen. Allein! Das erste Mal seit ewigen Zeiten. Aber gut, alles der Reihe nach. Sie nahm das Messer wieder zur Hand und beschäftigte sich erneut mit der Salatgurke, als ihr Mann wieder zur Tür hereinkam.

»Vergiss den Salat, Liebes!«, rief er unternehmungslustig aus. »Pack ein paar Sachen ein und geh Pipi machen, wir machen einen Ausflug!«

»Einen Ausflug?«, wiederholte Resa überrascht. »Über Nacht?«

Ihr Mann nickte und gratulierte sich innerlich zu dem Coup, denn seine Angetraute strahlte, als wenn sie ein ganzes Pfund schieres Polonium verspeist hätte. Eine halbe Stunde später machten die Matterns sich auf den Weg.

Resa saß kaum im Auto, da nickte sie auch schon weg. Es war einfach zu viel für sie gewesen in den letzten Tagen und Wochen und jetzt, wo sie mit Tom alles hatte klären können, war trotz der Hiobsbotschaft über die Erkrankung ihrer Mutter eine zentnerschwere Last von ihrem Herzen gefallen. Endlich kam sie zur Ruhe. Ihr Mann, der das Auto ruhig und sicher über die schneeglatten Straßen lenkte, ließ sie gewähren, nur ab und zu schaute er zu seiner schlummernden Madonna rüber.

Jeder dieser Blicke transportierte die tiefe Liebe, die er für diese Frau empfand.

Kurz vorm Ziel weckte er sie. Resa streckte sich und rieb sich die Augen. »Wo sind wir denn?«, murmelte sie noch etwas schlaftrunken.

Tom schmunzelte: »Sag bloß, du erkennst es nicht wieder?«, fragte er und zeigte auf ein uriges Gebäude, an dem sie langsam vorbeifuhren und dann den danebenliegenden Parkplatz ansteuerten.

Seine Gattin dachte angestrengt nach und schnipste dann mit den Fingern, wie es Wickie auch nicht besser gekonnt hätte. »Ich hab's! Hier gab es dieses leckere Fürst-Pückler-Eis, nicht wahr?«, rief sie freudestrahlend aus.

Ihrem Mann klappte unversehens die Kinnlade gen Süden. Es war mehr als zehn Jahre her, dass sie hier gewesen waren. Hier war Entscheidendes zwischen ihnen passiert und alles, was Madame noch in Erinnerung hatte, war ein Dessert?

»Sonst fällt dir nichts dazu ein?«, knurrte er beleidigt und stellte den Motor aus.

Resa grinste ihn verschmitzt an. »Sicher doch!«, erwiderte sie. »Du hast mich damals hierher nach Branitz gebracht, um mich flachzulegen, nicht wahr?«

Die Matternsche Kinnlade setzte ihre Reise zum Boden unvermindert fort. Tom wusste gar nicht, was ihn mehr entsetzte: Die Tatsache, dass sie so etwas von ihm dachte, wenn auch nicht unbegründet, oder, dass sie es tatsächlich aussprach. Ausgerechnet sein kleiner Frosch, der noch immer rot wurde, wenn sie sich nackt sahen.

»Bitte?«, entrüstete er sich. »Damals fuhren wir hierher, um zu reden. Nichts anderes! Ich habe dir gesagt, dass ich eine Beziehung mit dir möchte und sonst ist nichts weiter gelaufen. Und außerdem, seit wann quatschst du so versaut daher?«

Resa lachte laut auf. »Nun, ich nenne das Kind beim Namen!«, konterte sie. »Und ja, wir haben geredet, aber im Grunde genommen wolltest du doch nur das eine, gib's doch zu!«

Ihr Mann strafte sie mit Schweigen, öffnete die Tür und stieg aus. Resa wartete darauf, dass er ihr gentlemanlike ebenfalls die Tür öffnete, aber das tat die beleidigte Leberwurst natürlich nicht. Er holte stattdessen die kleine Reisetasche aus dem Kofferraum. Seufzend verließ Resa den Wagen und folgte Tom in die kleine Pension. Sie checkten ein und fanden sich Sekunden später in einem wunderschönen Doppelzimmer mit Ausblick auf den Fürst-Pückler-Park wieder. Tom schmollte immer noch, als er die Reisetasche auspackte, und schließlich reichte es seiner Frau. Sie fasste ihn schmerzhaft am Ohr und zog den sturen und jetzt jaulenden Gesellen hinüber zu dem kleinen Sessel, in den sie ihn mit Schwung verfrachtete. Und genauso schwungvoll pflanzte sich die dreiste Dame auf seinen Schoß.

»Schluss jetzt, du Grummelbacke!«, befahl sie entschieden. »Wir wollen doch nicht streiten, oder?« Sie nahm seinen Kopf zwischen ihre zarten Hände und senkte ihre Lippen auf seine. Fünf Minuten später war jeder Groll verschwunden, aber nicht der Wunsch nach Rache.

»Und warum wolltest du ausgerechnet noch mal hierher?«, fragte Resa atemlos und schmiegte ihre Wange an seine.

Diese Steilvorlage konnte Tom natürlich nicht ungenutzt lassen. »Na, weil ich dich mal wieder ungestört flachlegen wollte!«, raunte er und genoss den angesäuerten Blick seiner Liebsten.

»Tom, also wirklich!«, echauffierte sich seine Süße auch sofort lautstark und wollte von seinem Schoß springen. Aber der Mann hielt sie eisern fest.

»Na ja!«, meinte er trocken und lachte los. »Man wird das Kind doch wohl noch beim Namen nennen dürfen!«

Resa stutzte kurz. »Spinner!«, erwiderte sie dann und stimmte in Toms Gelächter mit ein.

Kapitel 26

Zur gleichen Zeit in Wiesbaden

Friedhelm Schnaller stand am Fenster seines Büros und blickte auf die winterlichen Straßen in der Dunkelheit Wiesbadens, während hinter ihm hektisch telefoniert wurde. Er fühlte sich irgendwie verarscht. Gut, vielleicht war das nicht das richtige Wort. Er fühlte sich vorgeführt. Aber so richtig! Von einem grausamen, unmenschlichen Individuum, dem es nicht gereicht hatte, sieben unschuldigen Frauen das Leben zu nehmen. Nein, der Mörder hatte das alles zu einem Spiel gemacht, zu seinem widerlich perversen Spiel.

Wahrscheinlich lachte er sich seit Monaten kaputt über die Unfähigkeit der Polizei, ihm auf die Schliche zu kommen. Aber wie hätte das auch geschehen sollen? Friedhelm Schnaller war schon so lange Polizist, aber nie zuvor hatte er erlebt, dass ein Täter so geplant vorgegangen war. Er musste Tag und Nacht in allen Medien dieses Landes fieberhaft gesucht haben, einen immensen Aufwand betrieben haben, um das nächste ideale Opfer zu finden. Und das alles, um eine weitere Spur zu legen, die eindeutig da war und doch für niemanden erkennbar. Einen weiteren unsichtbaren

Hinweis auf das achte und eigentliche Opfer. Auf Resa Mattern! Wer weiß, ob sie jemals davon erfahren hätten, es jemals registriert hätten, wenn es nicht diesen unfassbaren Zufall gegeben hätte, dass sein Onkel im Hause dieses wahrscheinlich achten Opfers lebte.

Er blickte auf den Zettel in seiner Hand, abgerissen aus dem Notizblock der Hospitantin Silke Bacher. In einer zierlichen Schrift hatte sie dort sieben Worte aneinandergereiht: Simone – Agnes – Esther – Iris – Regina – Enja - Helma
…S…A…E…I…R…E…H…..oder in einer anderen Reihenfolge - HERESIA, es fehlte nur das T wie Theresia. Unfassbar, dass die Bacher darauf gekommen war, aber damit war es klar.

Dr. Theresia Mattern war das eigentliche Zielopfer, sie war das Ausrufezeichen, das den Satz des Mörders beenden würde. Die Frau, die alle außergewöhnlichen Merkmale der anderen Opfer in sich vereinte. Sie hatten sie gefunden, was gleichzeitig hieß, dass sie jetzt am Mörder dran waren. Ein Mörder, der aus dem unmittelbaren Umfeld der Resa Mattern stammen musste, wie sonst hätte er von dem besonderen Spitznamen wissen können? Sie hatten nun eine Chance, diesen Wahnsinnigen zu fassen, aber das musste schnell geschehen - bevor er seinen scheußlichen Plan zu Ende bringen konnte.

Friedhelm Schnaller wandte sich um und schaute in die Runde. Sein Onkel drehte verzweifelt sein Mobiltelefon in der Hand. »Es tut mir leid, ich kann sie einfach nicht erreichen«, stieß er hastig aus. »Zuhause nimmt niemand ab, und ihre Handys sind ausgeschaltet. Verdammt, das kann doch alles nicht wahr sein! Vielleicht ist ihnen ja schon etwas zugestoßen.«

Sein Neffe ging zu ihm und legte ihm eine Hand auf die Schulter. »Beruhige dich, Onkel Gotthilf!«, meinte er sachte. »Es geht ihnen gut, ganz sicher!« Aber so wirklich daran glauben konnte auch er nicht.

Er richtete seinen Blick auf die Kollegen Bacher und Alfhausen. »Ist alles veranlasst?«, wollte er von ihnen wissen.

POK Alfhausen nickte. »Ich habe gerade mit dem Polizeipräsidenten von Berlin gesprochen«, sagte er. »Er wird unverzüglich die notwendigen Maßnahmen ergreifen. Ein Einsatzkommando dürfte bereits auf dem Weg in die Uckermark sein.«

Auch Silke Bacher gab positive Auskunft. »Unten stehen drei Wagen bereit, wir können sofort los!«

Friedhelm Schnaller klatschte in die Hände. »Gut! Wenn die anderen Chefermittler da sind, sollten wir umgehend starten. Onkel Gotthilf, du fährst mit mir!«

Kapitel 27

Branitz, Januar 2015

Sie waren über eine Stunde in der Dunkelheit spazieren gegangen. Es war immer noch sehr kalt und Tom hatte die ganze Zeit seinen Arm um Resa gelegt und sie ganz nah an seine Seite gezogen, damit ihr der eisige Wind nichts anhaben konnte. Sie hatten geredet, ja! Nochmal über Resas Mutter und deren Situation und dann über sich, ihre Familie, ihre Kinder. In jedem seiner Sätze hatte man die Liebe und die Fürsorge Tom Matterns für die Seinen gespürt und Resa schämte sich erneut in Grund und Boden, dass sie tatsächlich geglaubt hatte, er würde sich abwenden wollen von ihr.

Zum Glück war der Mann nicht besonders nachtragend. Zurück in der Pension kleideten sie sich für das Abendessen um. Resa sah in ihrem königsblauen Strickkleid mit den dazupassenden hochhackigen Pumps bezaubernd aus. Ausnahmsweise war sie mal eher fertig als Tom, der nach dem Spaziergang noch unbedingt hatte duschen wollen. Daher wollte sie die Zeit nutzen, um bei den Reynolds' nachzuhorchen, ob mit den Kindern alles in Ordnung war. Sie kramte ihr Handy aus der Handtasche und schaltete es ein. Na toll! Der Akku war leer, und wo war das Ladegerät? Zuhause natürlich!

»Schaaatz!«, rief sie laut. »Wo hast du denn dein Handy? Ich wollte Becky und Palmer anrufen und fragen, ob alles okay ist.«

Sie hatte nicht bemerkt, dass die Tür zum Badezimmer sich geöffnet hatte und ihr Mann sich von hinten an sie angeschlichen hatte. »Handys sind heute tabu, Frau Dr. Mattern!«, rief er ebenso laut und das auch noch direkt in ihr Ohr, womit er sie beinahe zu Tode erschreckte.

Resa wirbelte herum und wollte den Schelm gehörig zurechtstutzen, allerdings musste sie erstmal gewaltig nach Luft schnappen. Denn ihr Mann sah in seiner schwarzen Stoffhose und dem ebenso schwarzen Hemd einfach verboten gut aus. Dabei hatte er nur kurz geduscht und sich die Haare geföhnt. Wenn sie etwas Vergleichbares aufbieten wollte, musste sie stundenlang an sich herumrestaurieren. Da hatte man es mal wieder! Es gab keine Gerechtigkeit auf dieser Erde.

»Ist was?«, fragte Tom irritiert, weil er den Gesichtsausdruck seiner Frau so gar nicht deuten konnte.

Resa zog einen Schmollmund. »Nö!«, antwortete sie. »Eigentlich nicht, ich hatte mich nur gerade gefragt, ob ich mich an deiner Seite überhaupt noch blicken lassen kann.«

Der Arzt schaute die Frau verblüfft an, dann begriff er und seine Stirn legte sich in tiefe Falten. »Süße!«, raunte er und zog die Blondine in seine Arme. »Hast du wirklich keine Ahnung, wie unglaublich schön du bist? Und wie sehr du mich immer noch bezauberst ... und anmachst? Sorry, ich weiß, du bevorzugst eine andere Wortwahl, aber diese trifft es nun mal auf den Punkt. Und wenn du meinen Worten nicht glaubst, dann werde ich es dir eben auf andere Art beweisen. Später! Jetzt muss ich nämlich unbedingt etwas essen.«

Er klapste ihr mit beiden Händen auf den Po, drehte sich um und ging zur Zimmertür. Resa folgte ihm mit leicht geröteten Wangen und einem strahlenden Leuchten in den Augen.

Ich mache ihn immer noch an!, dachte sie verträumt.

Das Vier-Gänge-Menü war ein Traum, aber das Ehepaar Mattern konnte es nicht wirklich genießen. Denn irgendwie hatte Tom mit seinen Worten etwas in Gang gesetzt, wonach sich beide doch so unglaublich sehnten. Schweigend aßen sie, was ihnen vorgesetzt wurde, schauten einander immer wieder tief in die Augen, bis Tom schließlich Messer und Gabel beiseitelegte.

»Wollen wir gehen?«, fragte er leise. Seine Frau nickte und vor Aufregung machte ihr Herz einen Sprung. Und es machte ihr so gar nichts aus, dass der Nachtisch ausfiel, ihr schwebte ein ganz anderes Dessert vor. Hand in Hand ging das Ehepaar zu seinem Zimmer zurück. Als Tom die Tür öffnete, traute Resa ihren Augen kaum. Überall im Raum waren brennende Teelichter verteilt, und im Hintergrund erklang leise Musik.

»Wie hast du das denn hinbekommen?«, wollte Resa gerührt wissen.

»Für Bares ist fast jeder Zimmerservice zu haben«, erklärte ihr Gatte, griff nach ihr und hob sie mit Schwung auf den Arm.

„Tom, was machst du denn?«, quietschte die Blondine.

»Na was denn? Darf ich denn meine Frau nicht über die Schwelle tragen?«, grinste der Arzt und ließ seinen Worten umgehend Taten folgen.

»Aber das ist doch nicht unsere Hochzeitsnacht!«, merkte Resa kritisch an und freute sich trotzdem total über die romantische Geste dieses verrückten Kerls.

»Mmh, unsere Hochzeitsnacht vielleicht nicht«, erwiderte dieser und stellte sein Mädchen vor dem Bett auf die Beine. »Oder vielleicht doch ein kleines bisschen?« Er strich ihr sanft über die Wange und griff dann hinter ihr in die Reisetasche, die geöffnet auf dem Bett lag. »Würdest du das hier für mich anziehen?«, raunte er und angelte etwas Schwarzes hervor.

Resa starrte ihn verdutzt an. Das war doch das Negligé, das sie zwei Tage zuvor angezogen hatte, um ihn zu verführen. An dem Abend, als er so sturzbetrunken nach Hause gekommen war. Hatte er es also doch bemerkt.

Tom erriet ihre Gedanken und schmunzelte. »Weißt du, Liebes?«, meinte er grienend. »So blau konnte ich gar nicht sein, dass ich das nicht mitbekommen hätte, und außerdem war es dann ja auch Stadtgespräch, nicht wahr?«

Resa errötete und wollte schon etwas erwidern, aber Tom drückte ihr das sündige Etwas in die Hände und schob sie in Richtung Badezimmer.

»Nun mach schon, my little frog!«, drängte er sie und seine Frau folgte brav seiner Anordnung.

Kapitel 28

Angermünde, Januar 2015

Polizeihauptkommissar Friedhelm Schnaller rieb sich müde den Nacken. In den frühen Morgenstunden waren sie endlich in Angermünde eingetroffen. Er war so groggy, dass er sich am liebsten sofort aufs Ohr gehauen hätte, auf der anderen Seite pumpte das Adrenalin unaufhörlich durch seinen Körper und hielt ihn wach, jetzt, wo er so nah dran war an der Auflösung seines aktuellen Falles. Interessiert sah er sich im Wohnzimmer der Familie Mattern um. Es war im Landhausstil eingerichtet, urgemütlich und zum Wohlfühlen. Man sah sofort, dass hier jemand am Werk gewesen war, der einen außerordentlich guten Geschmack hatte.

Ebenso wenig konnte man übersehen, dass hier eine kinderreiche Familie zuhause war. Es gab an der einen Wand ein riesiges Regal, das überfüllt war mit Spielzeug und Kinderbüchern. Sein Onkel hatte ihm erklärt, dass Resa und Tom kein separates Spielzimmer für die Kinder gewollt hatten. Sie wollten ihre Kleinen immer um sich haben, auch wenn das permanente Unordnung und Stimmung in der Bude zur Folge hatte.

Dass die drei Töchter und der eine Sohn von ihren Eltern abgöttisch geliebt wurden, sah man auch auf den unzähligen Familienbildern, die überall im Zimmer verteilt waren. Ebenso das besondere Band zwischen dem Ehepaar Mattern war darauf deutlich zu erkennen. Aber das war ihm auch schon bei den beiden Besuchen bei seinem Onkel aufgefallen.

Ehrlich gesagt, hatte er das nie zuvor so erlebt und auch später nicht mehr wieder, dass eine Frau und ein Mann sich so ansahen und so verschmust miteinander waren. Der Polizeibeamte hatte sich insgeheim darüber lustig gemacht, vielleicht war es aber ganz einfach auch nur Neid gewesen. Weil er das eben nicht geschafft hatte. Eine Beziehung, die vielleicht nicht perfekt war, aber dafür maximal intensiv!

Er ging ans Fenster und sah hinaus. Berlins Polizeipräsident hätte es am liebsten gesehen, wenn gleich ganz Angermünde abgesperrt worden wäre, aber er hatte ihn überzeugen können, dass ein Streifenwagen und zwei Zivilfahrzeuge vor dem Haus der Matterns vorerst ausreichend waren. Zumal das vermeintliche Opfer wie vom Erdboden verschluckt war. Dass der Mörder schon zugeschlagen hatte, konnte Friedhelm Schnaller sich aber nicht vorstellen.

Wie es aussah, hatten Resa und Tom Mattern sich einen Kurzurlaub gegönnt. Jedenfalls stand es so auf einem kleinen Pappschild, das vor der Praxistür hing und auf dem es weiter hieß, dass man für dringende Fälle die Notfallambulanzen in Anspruch nehmen solle. Nur wo waren die beiden hin? Ihre Handys waren nach wie vor ausgeschaltet.

Seit ihrer Ankunft in Angermünde versuchte Gotthilf außerdem permanent, die Reynolds' zu erreichen, allerdings hatte er nur deren Festnetznummer, und so wie es aussah, waren auch sie nicht daheim. Dabei wussten Palmer und Becky doch ganz bestimmt, wo die Matterns hingefahren waren, für den Fall, dass etwas mit den Kindern wäre.

Friedhelm nahm ein Bild in die Hand, das auf dem Sideboard stand. Eines der wenigen, auf dem kein Kind der Familie zu sehen war. Es zeigte Resa Mattern und drei ihm unbekannte Personen. Resa schien auf der Aufnahme nicht viel älter als zwanzig Jahre alt zu sein, es war also schon ein Weilchen her, dass das Bild gemacht worden war. Vorsichtig stellte er es zurück.

»Das glaub' ich ja jetzt wohl nicht!«, kam just in diesem Moment sein Onkel schimpfend zur Tür herein. »Endlich habe ich Palmer Reynolds an die Strippe bekommen. Die waren mit den Kindern auf einer

Nachtwanderung und sind erst jetzt nach Hause gekommen. Der gute Mann hat mir gesagt, dass Tom ihn gestern angerufen und ihn informiert hat, dass er mit Resa über Nacht wegfährt. Und natürlich hat er auch eine Adresse hinterlassen. Und was ist? Der Zettel, auf dem Palmer sie aufgeschrieben hat, ist nicht auffindbar und erinnern kann sich dieser Idiot auch nicht mehr, wo es hingehen sollte. Er würde sich halt nicht so gut auskennen in Deutschland, und warum ich das überhaupt wissen wollte, hat er gemeint, dieses texanische Rindvieh!«

Sein Neffe schaute ihn alarmiert an. »Du hast es ihm doch nicht etwa gesagt, Onkel Gotthilf?«, fragte er angespannt.

Der alte Mann schüttelte den Kopf und ließ sich resigniert und völlig erschöpft auf einen Stuhl fallen.

PHK Schnaller trat hinter ihn und legte ihm beruhigend seine Hand auf die Schulter. »Mach' dich nicht verrückt!«, sagte er. »Wenn wir keine Ahnung haben, wo sie sind, wird der Mörder es höchstwahrscheinlich auch nicht wissen. Irgendwann werden sie sich schon melden. Spätestens wenn sie ihr Handy wiedereinschalten. Dann werden sie ja sehen, dass du versucht hast, sie anzurufen.«

Gotthilf nickte und stand wieder auf. »Ich werde mal eine große Kanne Kaffee kochen und ein paar Stullen schmieren. Wollen wir hoffen, dass wir bald von den beiden hören.« Er wollte schon zur Tür hinaus, als sein Neffe ihn aufhielt.

»Warte mal, Onkel Gotthilf!« Friedhelm zeigte auf das Bild auf dem Sideboard. »Kannst du mir sagen, wer diese Leute sind?«

Der alte Mann kramte seine Lesebrille aus der Brusttasche seines Hemdes und nahm das Bild zur Hand. Nach kurzem Zögern antwortete er. »Also ganz links, das ist Resa. Daneben steht Becky Reynolds, ihre beste Freundin, mit der sie auch zusammen studiert hat. Bei ihr und ihrem Mann sind die Kinder der Matterns doch jetzt. Die andere junge Frau und der Mann sind ebenfalls Kommilitonen und haben mit Resa und Becky in einer WG zusammengewohnt, soviel ich weiß. Nach den Namen darfst du mich nicht fragen, aber das wird Becky natürlich wissen. Soll ich sie gleich noch mal anrufen?«

Friedhelm Schnaller schüttelte den Kopf. »Nein, vorerst noch nicht. Wir warten jetzt ganz einfach mal ab, bis Resa oder ihr Mann sich melden. Dann sehen wir weiter. Bis dahin wären ein starker Kaffee und ein paar Stullen ein Segen.«

Gotthilf nickte, stellte das Bild an seinen Platz und verschwand in der Küche.

Kapitel 29

Branitz, Januar 2015

»Tooom!« Eine ziemlich ungeduldige und zierliche Frauenhand rüttelte am Arm des tiefschlafenden Mannes und quengelte ihm ununterbrochen in die Ohren. »Tom! Jetzt werd' doch mal wach, ey! Du musst mir die Pin-Nummer von deinem Handy geben! Ich möchte bei Palmer und Becky anrufen und fragen, wie es unserer Rasselbande geht. Tom, verdammt!«

Nichts! Es tat sich rein gar nichts. Der Kerl rührte sich nicht einen Millimeter. Was allerdings auch wirklich kein Wunder war, denn er schlief erst seit einer knappen halben Stunde. Resa rüttelte noch mal, aber es war vergebens. Also beschloss sie, ihm noch ein wenig Zeit zu geben. Oder sollte sie das Telefon des Hotels benutzen? Sie sah auf die Uhr. Es war erst sieben. Vielleicht doch noch ein wenig früh, um an einem Sonntagmorgen ihre Freunde in Berlin aus dem Bett zu klingeln. Es würde schon alles gut sein mit den Kleinen.

Verträumt schmiegte sie sich wieder in die Arme des schlummernden Murmeltieres. Im Gegensatz zu ihm war sie viel zu aufgewühlt, um jetzt noch einzuschlafen. Das würde sie später im Auto nachholen. Es war eine wundervolle Nacht gewesen. So wie früher, am Anfang ihrer Beziehung. Sie hatten einfach nicht voneinander lassen können. Hatten sich immer und immer wieder geliebt und die Nacht zum Tage gemacht. Hatten die Sehnsucht nach vielen Wochen der Enthaltsamkeit in grenzenlose Leidenschaft umgesetzt und waren dabei voll auf ihre Kosten gekommen.

Resa gab einen Laut von sich, der dem Schnurren einer Katze nicht unähnlich war. So gut hatte sie sich wirklich seit langem nicht mehr gefühlt. Und so geliebt, im wahrsten Sinne des Wortes. Noch einmal schalt die blonde Frau sich dafür, dass sie an Tom, oder vielmehr an seinen Gefühlen für sie, gezweifelt hatte. Das hatte er nicht verdient. Sie musste es doch irgendwann mal schaffen, ihm einfach grenzenlos zu vertrauen. Gleiches hatte sie doch auch immer von ihm eingefordert. Und sie schwor sich, dass sie das zukünftig auch tun würde, ganz egal, welche »Anzeichen« sie auch immer zu erkennen glaubte.

Dann dachte sie an ihre Mutter, und ein Hauch von Traurigkeit erfasste sie. Sie liebte sie so sehr, auch wenn sie diese Nervensäge an manchen Tagen am liebsten zum Mond geschossen hätte. Und natürlich hatte sie Angst um sie. Aber sie spürte auch eine riesige Zuversicht. Ihre Mutter würde es schon schaffen. Sie war so unglaublich stark und durch diese neue OP-Technik hatte sie eine wirklich gute Chance. Resa beschloss, dass sie gemeinsam mit den Kindern die Oma am Abend noch mal anrufen würden, um ihr Mut zuzusprechen.

Apropos Kinder, apropos anrufen! Es waren zwar erst zehn Minuten vergangen, aber sie wollte jetzt wirklich gerne bei den Reynolds' anrufen. Also setzte sie sich auf, nicht ohne sich verlegen die Bettdecke über die nackten Brüste zu ziehen, und klatsche nun mit der flachen Hand auf den ziemlich ansehnlichen Waschbrettbauch ihres Gatten.

»Tom, du alte Schlafmütze!«, rief sie laut. »Ich brauche jetzt endlich die Pin-Nummer!« Sie zuckte zusammen, als ihr Mann nun prompt die Augen aufriss und sie so gar nicht verschlafen aus seinen stechend grünen Augen betrachtete. Denn natürlich hatte auch er nach diesen aufregenden Stunden mit seiner Süßen nicht einfach so wegpennen können, nein, er hatte lediglich eine Ruhephase benötigt. Um sich zu sammeln!

»Du willst die Pin-Nummer?«, grinste er sie darum auch ziemlich unverschämt an. »Sorry, aber das muss noch warten!«

Resa konnte seinen Blick nur zu gut deuten. »Ernsthaft?«, hauchte sie atemlos und vor allem ungläubig.

»Ernsthaft!«, bestätigte Tom mit heiserer Stimme. Er griff sich seine Frau, die zwar noch kurz protestierte, sich dann aber nur allzu gern überrumpeln ließ, und drückte sie sanft zurück in die Kissen.

Nach zwanzig Minuten ziemlich schweißtreibender Morgengymnastik machte Tom sein Smartphone für Resa startklar und sprang dann aus dem Bett, um sich eine erfrischende Dusche zu gönnen. Doch noch bevor er die Tür zum Bad erreicht hatte, holte ihn die sich überschlagende Stimme seiner Frau ein.

»Warte mal, Tom! Opa Gotthilf hat seit gestern Abend ganze einundzwanzig Mal versucht, uns anzurufen … und die Reynolds' in der letzten Stunde auch sieben Mal. Oh Gott! Da ist was passiert! Es … es ist bestimmt etwas mit den Kindern!«

Tom eilte zurück zum Bett und strich Resa leicht über den Arm. »Hey, keine Sorge, Kleines!« versuchte er, sie zu beruhigen. Gleichzeitig bemerkte er aber, wie auch ihn eine schreckliche Angst ergriff. Nervös griff er nach seinem Handy und betätigte die Rückruftaste … Palmer Reynolds meldete sich sofort.

Kapitel 30

Angermünde, Januar 2015

»Fidi, hey! Wach auf!« Polizeihauptkommissar Schnaller fühlte den festen Druck einer Hand auf seiner Schulter und war sofort da. Reichlich zerknautscht rappelte er sich von der für ihn etwas zu kleinen Couch der Matterns auf.

»Ja, was ist denn, Onkel Gotthilf?«, fragte er und versuchte, mit ein paar Handstrichen seine Haare, die von dem kurzen Nickerchen zerzaust waren, wenigstens einigermaßen in die richtige Richtung zu lenken.
Sein Onkel wirkte erleichtert. »Sie haben gerade angerufen!«, teilte er die erlösende Nachricht mit. »Erst bei den Reynolds'. Palmer hat ihnen gesagt, dass sie sich umgehend hier melden sollen, und gerade habe ich dann mit Tom gesprochen.«

Der Beamte atmete tief durch. »Gut! Sehr gut!«, sagte er knapp. »Was hast du ihm erzählt?«

Der alte Mann schlurfte zu dem Sessel gegenüber der Couch und ließ sich schwerfällig hineinfallen. »Was glaubst Du wohl?«, erwiderte er müde. »Dass ein Irrer Frauen in der ganzen Republik abschlachtet, er es in Wahrheit aber nur auf eine abgesehen hat, nämlich auf Resa? Mein

Lieber, das wollte ich dann doch lieber dir überlassen. Ich habe ihnen lediglich gesagt, dass hier die Polizei auf sie wartet, und dass es da etwas zu klären gäbe. Das ist alles!«

Sein Neffe nickte zufrieden und stand auf. »Fein, dann werde ich mal die Kollegen zusammentrommeln!«, meinte er und zog eine Strickjacke über sein ausgewaschenes T-Shirt. Er war schon halbwegs durch die Tür, als er noch mal zurückkehrte.

»Du könntest dir doch schon mal Gedanken machen, Gotthilf!«, forderte er seinen Onkel auf. »Ich meine, du lebst schon so lange mit den Matterns zusammen, vielleicht hast du eine Idee, wer Resa so sehr hassen könnte, dass er sie umbringen will.«

Friedhelm Schnaller war schon längst gegangen, aber seine Worte hallten immer noch im Kopf des alten Mannes nach. *Wer könnte Resa so sehr hassen, dass er sie umbringen will?* Als ob er sich diese Frage nicht schon tausend Mal gestellt hatte, seitdem er aus seiner plötzlichen Ohnmacht im Bundeskriminalamt in Wiesbaden erwacht war. Immer und immer wieder, aber er hatte die Antwort nicht gefunden. Sicher gab es Neider und auch Menschen, die Resa nicht mochten, aber war darunter jemand, der so geisteskrank war, dass er auf brutalste Art und Weise unschuldige Menschen mordete, nur um ein perfides Spiel zu spielen?

Einer ihrer ehemaligen Patienten kam ihm in den Sinn. Zum wiederholten Male. Sie hatte diesen Mann behandelt, als sie noch im Marienkrankenhaus gearbeitet hatte. Der Typ hatte ihr einen Kunstfehler in die Schuhe schieben wollen, hatte Resa sogar verklagt. Aber sie war von allen Vorwürfen freigesprochen worden. Danach hatte der Mann sie noch über Monate belästigt, hatte sie immer wieder angerufen. Auch nachts! Irgendwann aber hatte das aufgehört. Könnte er der Psychopath sein, der nach Resas Leben trachtete? Es war wohl eher unwahrscheinlich, denn wenn er sich recht entsann, war der Mann damals schon weit über siebzig Jahre alt gewesen. Nahezu undenkbar, dass er eine solch komplexe Verbrechensserie hätte bewerkstelligen können.

Aber wer dann? Der alte Schnaller grübelte weiter. Und wieder kam ihm ein ehemaliger Patient von Resa in den Sinn. Er hatte nur am Rande mitbekommen, dass da was Schräges abgelaufen war, denn das war vor Resas und Toms Hochzeit gewesen und er hatte noch nicht mit ihnen zusammengelebt. Er wusste nur, dass Tom diesen Patienten damals fast zu Tode geprügelt hatte, weil er Resa wohl zu nahe gekommen war. Vielleicht war das ja ein Anhaltspunkt. Gotthilf beschloss, Friedhelm gleich davon zu erzählen. Es war nur ein Strohhalm, an den er sich klammerte, aber vielleicht war es der entscheidende Strohhalm.

Ganz in der Nähe

Angermünde erwachte an diesem Morgen sehr, sehr langsam aus dem Schlaf. Die Nacht wollte sich nur schwerlich verabschieden, und so war es selbst um neun Uhr an diesem Morgen des bald endenden Januars noch immer nicht richtig hell.

Das schien die Gestalt, die in eine dicke Jacke gehüllt durch die Straßen der kleinen Stadt streifte, aber nicht weiter zu stören. Der Tag war grau und trostlos, ja, aber alles im Leben dieser Person war schon seit langem grau und trostlos, da fielen solche Kleinigkeiten gar nicht mehr ins Gewicht. Die Gestalt sah sich noch einmal prüfend um. Noch die eine Abzweigung da drüben, dann würde sie da sein. Eilig schritt sie voran und bog um die anvisierte Ecke, blieb dann aber abrupt stehen.

In etwa hundert Metern Entfernung sah die Person das rote Haus, das in den letzten Jahren doch so häufig ihre Anlaufstelle gewesen war. Das Haus, das IHR gehörte. Eigentlich wäre das ein Grund zur Freude gewesen, denn das ersehnte Ziel war nun zum Greifen nah. Wäre da nicht dieser Polizeiwagen gewesen, der vor dem roten Haus hielt, und wären da nicht die vielen Personen gewesen, die geschäftig rein und raus liefen. Sie trugen zwar keine Uniform, aber selbst ein Blinder mit Krückstock hätte erkennen können, dass das Zivilbeamte waren.

Nicht dass die Anwesenheit der Staatsgewalt nun ein großes Problem bedeutet hätte, nein, im Gegenteil, sie war sogar mehr als erwünscht. Es war nur überraschend, dass sie schon da waren. Das war anders geplant gewesen. Die Gestalt fasste in die Tiefe ihrer Jackentasche und fühlte den Umschlag zwischen ihren Fingern. Na gut! Würde der alte Mann heute eben keine Post bekommen, denn scheinbar waren er und der Bulle aus seiner Verwandtschaft ganz alleine darauf gestoßen, was vor sich ging und brauchten keine Hilfestellung.

Umso besser! Da machte das Ganze doch gleich noch mehr Spaß. Grinsend schlug die Person ihren wärmenden Schal enger um den Hals, drehte sich um und ging. Aber nicht für immer … ganz bestimmt nicht für immer.

Kapitel 31

Zur gleichen Zeit zwischen Branitz und Angermünde

Die Heimfahrt der Matterns gestaltete sich schwierig. Einsetzender Schneefall sorgte dafür, dass es auf der Autobahn nur schleppend voranging. Was den beiden natürlich höchst ungelegen kam.

»Verflixt!«, sagte Resa nun auch zum wiederholten Male und knetete nervös ihre Hände. »Was zum Teufel kann da los sein zu Hause? Und wieso konnte Gotthilf uns das nicht einfach sagen? Ich glaube auch nicht, dass Palmer nichts wusste. Mensch, die verschweigen uns doch etwas. Vielleicht ist ja doch etwas mit den Kindern.«

Ihre Augen füllten sich mit Tränen, was Tom nicht lange verborgen blieb in diesem elenden Stop-and-Go-Verkehr. »Hey Liebes, nicht weinen!«, redete er leise auf sie ein. »Palmer hat mir geschworen, dass die Kids in Ordnung sind, und ich glaube ihm das auch. Mmh, wahrscheinlich wollte Gotthilf uns nichts sagen, weil es irgendetwas Peinliches ist. Was weiß ich! Könnte doch sein, dass ich die Tage, als ich abgestürzt bin, in Pastors Vorgarten gepinkelt habe oder irgendwie sowas in der Art. Kann mich zwar nicht daran erinnern, aber das soll nichts heißen.«

Resa schüttelte den Kopf. »Und deswegen soll Opa Gotthilf über zwanzig Mal versucht haben, uns anzurufen?«, zweifelte sie. »Nie und nimmer! Nein, es muss was anderes sein, etwas Schlimmes.«

Der stockende Verkehr vor ihnen löste sich auf, und Tom gab sofort Gas. »Und woran hast du da genau gedacht, Süße?« fragte er schmunzelnd. »Vielleicht, dass ein durchgeknallter Killer uns auf dem Kieker hat und uns abmurksen will?«

Seine Frau warf ihm einen giftigen, aber diesmal leider unbemerkten Blick zu, weil die Augen ihres Angetrauten konzentriert auf die Fahrbahn gerichtet waren. »Haha, Tom, sehr witzig!«, meckerte sie und zog es vor, eine Zeitlang aus dem Fenster zu starren. Aber nicht lange!

»Es könnte doch auch sein, dass etwas mit meinen Eltern ist«, fuhr sie in ihren Überlegungen fort. »Sie könnten einen Unfall gehabt haben. Oder es geht meiner Mutter schlechter. Vielleicht ist aber auch etwas mit dem Haus. Oh Gott, es wird doch nicht etwa abgebrannt sein? Tom, hast du auch den Herd ausgestellt?«

Der liebe Dr. Mattern hatte geduldig zugehört, verdrehte nun aber doch die Augen im Kopf. »Du meinst, nachdem ich die Spaghetti gemacht habe?«, erwiderte er leicht angefressen. »Falls du dich erinnerst, waren wir danach noch etwa vierundzwanzig Stunden im Haus. Meinst du nicht, das hätten wir bemerkt? Wo du eh die Letzte warst, die in der Küche gewerkelt hat. Ja genau, sollte der Herd tatsächlich angeblieben sein, dann warst du das, als du gestern Morgen Milch für die Kinder warm gemacht hast.«

Das konnte sich die Blondine natürlich nicht gefallen lassen. »Nee, nee, mein Freundchen!«, wehrte sie sich energisch. »Ich habe doch extra noch mal nachgeschaut, bevor wir losgefahren sind, und da war alles aus.«

Und wieder standen Tom seine Augen kreuz und quer. »Und was faselst du dann hier von einem möglichen Brand, wenn der Herd sicher aus war?«, regte er sich auf. »Schluss jetzt! Das ganze Spekulieren bringt doch nichts. Wir fahren jetzt nach Hause und schauen, was die Polizei von uns will. Vielleicht lachen wir später drüber. Mach doch die Augen zu und schlaf ein bisschen. Wenn es jetzt so weiterläuft, dann sind wir in spätestens zwei Stunden zu Hause.«

Resa nickte brav und lehnte sich in ihrem Sitz zurück. Sie glaubte zwar nicht, dass sie würde schlafen können, aber die turbulente Nacht, die sie hinter sich hatte, forderte schließlich ihren Tribut, und sie nickte ein.

Lächelnd sah Tom zu ihr rüber, doch dann spürte er dieses Drücken in seinem Magen. So direkt hatte er es seiner Frau nicht sagen wollen, aber auch er hatte kein gutes Gefühl und sah mit Unbehagen der Heimkehr entgegen. Schließlich aber wischte er die Bedenken beiseite und konzentrierte sich wieder auf die Straße. Es war schon bald Mittag, als sie Angermünde erreichten.

Kapitel 32

Angermünde, Januar 2015

Die nackte Angst stand dieser Schlampe ins Gesicht geschrieben. Und natürlich flennte sie, wie hätte es auch anders sein können. War ja immer so gewesen, dass sie Rotz und Wasser heulte und das bei jedem Scheiß. Nur, dass sie jetzt, genau in diesem Augenblick, einfach auch jeden Grund dazu hatte.

Denn Theresia Mattern geborene Rechtien würde sterben! Elendig verrecken würde sie und damit für alles bezahlen. Wie stolz und leuchtend war sie gewesen, und wie armselig lag sie nun dort. Auf dem Bett! Ihre Hände zusammengekettet, ihr Mund mit einem Klebeband verschlossen. Undefinierbare Laute stieß sie hervor, sah immer wieder aus ihren ach so hinreißenden, blauen Augen angsterfüllt auf, winselte und bettelte um ihr Leben, doch all das würde ihr nichts nützen. Gar nichts!

Das Werk musste vollbracht werden, es gab kein Zurück mehr. Ganz langsam legten sich kalkweiße Finger um den Hals der Todgeweihten und drückten zu. Erst nur ein bisschen, dann immer mehr. Die Schlampe wand sich hin und her, wollte mit aller Kraft am Leben festhalten, aber dieser Kampf war zum Scheitern verurteilt. Ihre strahlenden Augen weiteten sich immer mehr, wollten und konnten nicht glauben, dass hier in dieser schäbigen Bude alles zu Ende sein sollte. Aber es war so! Hier an diesem Tage und in dieser

Stunde würde das irdische Dasein der blonden Ärztin Geschichte sein. Und niemand, auch nicht dieses arrogante Arschloch Tom Mattern, der sich in Zeiten, als ihm noch eine glorreiche Karriere als Chirurg bevorstand, selbst nur allzu gerne als Gott bezeichnet hatte, würde die Macht haben, das zu verhindern.

Die Rollen waren klar verteilt und diesmal würde diese Schlampe das Opfer sein und niemand anderes. Die Luft wurde dünn für Resa Mattern. Im wahrsten Sinne des Wortes. Irgendwann strahlten ihre sonst so faszinierenden Augen nicht mehr, leer und kalt stierten sie ins Nichts. Noch einmal wurde der Druck der Finger verstärkt, doch das tat nichts mehr zur Sache, denn es war vollbracht. »My little frog« war nicht mehr…

Anhaltendes Hundegebell vor dem Zimmer des kleinen Hotels beendete ein kurzes, wenn auch sehr effektives Mittagsschläfchen. Noch ein bisschen schlaftrunken quälte die Gestalt sich aus dem Bett und ging die paar Schritte in das Bad. Eiskaltes Wasser floss über die kalkweißen Finger, die gerade eben noch den Hals dieser Schlampe umschlossen hatten, wenn auch nur im Traum. Ein wahrhaft erhebendes Gefühl!

Triumphierend sah die Gestalt ihr Spiegelbild an. Nicht mehr lange, dann wäre das Ziel erreicht, dann würde der Traum wahr werden. Nur dass es noch viel schlimmer sein würde für das achte und letzte Opfer. So schlimm, dass es jeglicher Vorstellungskraft entbehrte, schlimmer, als der ärgste Albtraum jemals sein könnte. Leiden sollte sie wie ein Tier, dafür würde gesorgt werden. Und es spielte keine Rolle, dass die Polizei nun schon da war. Nichts würde den Lauf der Dinge noch aufhalten können. Es gab nichts mehr zu verlieren. Und was noch besser war, es konnte sofort losgehen. Der alte Schnaller und sein Neffe hatten scheinbar ihrem Namen alle Ehre gemacht. Hatten das Rätsel lösen können und damit das große Finale eingeläutet.

Eines Tages würde man staunend und bewundernd davon erzählen, was sich in den vergangenen Monaten zugetragen hatte. Was zu dem glorreichen Tag geführt hatte, an dem ein einzigartiges Verbrechen gekrönt werden würde durch eine letzte geniale Tat. Was zählte schon Ruhm und Ehre in der Gegenwart, wenn man sie doch für die Ewigkeit besitzen konnte? Das war es wert! All die ausgelöschten Leben dieser Frauen, das des designierten letzten Opfers und wenn es dann so sein sollte, auch das eigene!

Zufrieden löschte die Gestalt das Licht über dem Spiegel und verließ das Bad.

Zur gleichen Zeit ein paar Straßen weiter

Tom Mattern sah aus, als wenn er gerade ein Zuschauer bei einem höchst spannenden Tennismatch wäre. Sein Kopf schnellte hin und her, und er sah mal den einen, dann wieder den anderen Mann an seinem Küchentisch an. Nur dass seine Mimik nicht ganz zu der eines sportbegeisterten Fans passte, nein, sie war nicht besondern eher entgeistert.

»Ääh!«, war dann auch zunächst alles, was zunächst aus dem Munde des an und für sich sehr redegewandten Arztes kam. »Entschuldigung?«, sprach er nach kurzer Pause dann doch weiter. »Was tischt ihr uns hier denn für Horrorgeschichten auf? Irgendjemand mordet sich durch die Republik und soll es eigentlich auf Resa abgesehen haben? Das habt ihr mal eben so herausgefunden? Und was bitteschön soll das Motiv des Täters sein? Hat meine Süße dem das Nutella vom Brot genascht, oder was?«

Gotthilf Schnaller sah den Jüngeren aufgebracht an. »Das ist alles andere als witzig, Tom!«, polterte er los. »Glaubst du wirklich, dass mein Neffe und seine Kollegen hier einfach so aufschlagen würden, wenn es dafür nicht stichhaltige Gründe geben würde? Vielleicht lässt du Friedhelm mal erklären, was genau Sache ist und dann mein Lieber wirst selbst du mit deinen, wie mir scheint recht begrenzten Mitteln erkennen, dass wir ein riesiges Problem haben und damit habe ich noch reichlich untertrieben.«

Tom hatte sich zwar mucksmäuschenstill vom alten Schnaller abkanzeln lassen, trotzdem war er nicht gewillt, sich nur eine Sekunde länger diese Räuberpistolen anzuhören. Doch dann sah er Resa an. Sie saß wie ein Häufchen Elend auf ihrem Stuhl, zitternd und leichenblass, die nackte Angst stand ihr in den Augen.

Für ihren Mann war das ein unerträglicher Anblick. Er musste sie beschützen. Nicht vor einem irren Mörder, denn das war doch ausgemachter Unsinn, einfach völlig absurd. Nein, er musste sie beschützen vor einer Situation wie dieser. Darum musste das schleunigst geklärt werden, damit seine Süße wieder ruhig schlafen konnte.

Der Arzt fuhr sich durch die Haare und lehnte sich zurück. Er griff nach Resas Hand und streichelte sie beruhigend. »Na dann schießen Sie mal los!«, forderte er Polizeihauptkommissar Friedhelm Schnaller etwas unwirsch auf, der dann auch sofort in seine Aktentasche griff und die sieben Akten hervorholte, deren Inhalt ihn schon so lange beschäftigte. Als er nach etwa zwanzig Minuten mit seinen Ausführungen fertig war, gab es nur noch Schweigen in der Küche der Matterns. Schweigen und eine nicht in Worte zu kleidende Fassungslosigkeit.

Kapitel 33

Etwas später in Berlin

Becky Reynolds räumte das Waffeleisen zurück in den Schrank und säuberte den Tisch von den letzten Puderzuckerspuren. Ihr war völlig klar, dass süße Waffeln nicht unbedingt dem entsprachen, was man unter einem gesunden Mittagessen verstand, aber sie hatte einfach nicht anders gekonnt, als die Kinder ihrer Freundin Resa sie mit ihrem Dackelblick dazu gedrängt hatten.

Sie warf einen Blick in das angrenzende Zimmer und sah, dass die Kurzen auf dem Boden saßen und brav miteinander spielten. Kurz lächelte sie. Die vier waren ihr so sehr ans Herz gewachsen, dass sie sie am liebsten für immer hier behalten hätte. Aber natürlich wusste Becky, dass das nicht ging. Resa würde ihr die Hölle heiß machen.

Nachdem die Küche in den Urzustand versetzt war, ging sie nach nebenan, schnappte sich ein Fotoalbum aus dem Wandregal und setzte sich zu ihrem Mann auf das Sofa. Der hielt zwar eines seiner geliebten Wirtschaftsmagazine auf dem Schoß, dennoch merkte Becky, dass er nicht wirklich darin las, sondern klammheimlich die Sprösslinge der Matterns beobachtete, die zu seinen Füßen hockten.

Becky seufzte. Sie waren jetzt zwei Jahre verheiratet und sie wünschten sich beide so sehr ein Kind, doch bislang hatte es einfach nicht klappen wollen. Ihre biologische Uhr tickte. Manchmal meinte sie sogar, sie wirklich hören zu können. Schon möglich, dass es überhaupt nicht mehr klappen würde, aber wenn das so sein sollte, so wusste sie, dass die vier Kinder von Resa und Tom auch immer ein bisschen ihre und die von Palmer sein würden. Das tröstete sie!

Sie schlug das Fotoalbum auf, blätterte verträumt zwischen den Seiten hin und her und blieb bei einem Bild hängen, das am Tag ihrer Hochzeit gemacht worden war. Nein, klagen durfte sie wirklich nicht. Sie hatte ihren Traummann gefunden und das zu einer Zeit, wo sie schon gedacht hatte, als einsamer Single die Tage beschließen zu müssen. Dass dieser Mann auch noch gut betucht war, war ein zusätzliches Bonbon, doch sie hätte Palmer auch genommen, wenn er am Hungertuch genagt hätte.

Noch immer sah sie das Bild an, und das Lächeln auf ihrem Gesicht schien wie festgefroren. Sie fand ja immer noch, dass sie das allerschönste Brautkleid aller Zeiten gehabt hatte, auch wenn Resa ständig dagegenhielt, dass ihres um Längen schöner gewesen wäre.

Becky blätterte zurück, weil sie sich noch einmal vergewissern wollte, dass sie recht hatte. Und da war es auch schon, das Brautbild von Resa und Tom Mattern. Ohne Zweifel war auch Resas Robe in all ihrer Schlichtheit ein Hingucker gewesen, was aber auch daran gelegen hatte, dass die Trägerin an diesem Tage ein Strahlen in die Welt hinausgetragen hatte, das seinesgleichen suchte.

Resa war niemals hässlich gewesen, aber zu dieser strahlenden Schönheit war sie erst durch die Liebe Tom Matterns erblüht, wie Becky mit einem leisen Knurren zugeben musste.

Mein Gott, wie hatte sie diesen Typen verabscheut, als sie ihm das erste Mal an der Uni begegnet waren. Er war einige Semester weiter gewesen als Resa und sie, und er war ungelogen das größte Arschloch gewesen, das man auf dem Campus hatte finden können. Hinter jedem Rock war er her gewesen, und sobald er das Mädchen erobert hatte, ließ er es fallen. Bei ihr hatte er sein Glück umsonst versucht, aber Resa konnte er herumkriegen, um sie anschließend eiskalt abzuservieren. Dafür hätte Becky ihn damals töten können.

Es hatte lange gedauert, bis ihre beste Freundin darüber hinweg gewesen war. Doch hatte das Schicksal schon einen seltsamen Humor. Jahre später, sie selbst arbeitete damals in einem Forschungslabor in Hamburg, wechselte Resa von der Marburger Uniklinik an das

Marienkrankenhaus in Berlin. Und wer war dort ausgerechnet der Oberarzt der Chirurgie?

Becky hatte damals fast der Schlag getroffen, als Resa ihr am Telefon davon erzählt hatte. Sie war einfach zu weit weggewesen, um Schlimmeres zu verhindern. Wer hätte denn auch ahnen können, dass diesmal alles anders laufen würde? Resa hatte nämlich beschlossen, sich kein weiteres Mal von dem Typen verarschen zu lassen. Sie zeigte ihm die kalte Schulter, was den Jagdinstinkt des Mannes aktiviert hatte. Am Ende war er Hals über Kopf in ihre Freundin verliebt gewesen, hatte gekämpft um sie und hatte sie schließlich für sich gewonnen. Auch wenn ihn dann noch mal kurzzeitig die Panik vor einer dauerhaften Beziehung gepackt hatte, letztendlich hatte er sich zu Resa bekannt. In aller Konsequenz!

Jetzt waren die beiden schon unglaubliche zehn Jahre verheiratet und hatten diese vier entzückenden Kinder. Unglaublich, welche Geschichten das Leben manchmal so schrieb.

Becky blätterte weiter zurück. Ihr Blick fiel auf ein Bild, das aus der Zeit an der Uni stammte. Es zeigte Resa und sie mit Susanne und Frank, mit denen sie sich während des Studiums eine Wohnung geteilt hatten. Becky seufzte schwer. Ja, das Leben schrieb wirklich die unterschiedlichsten Geschichten.

»Was mackst du für eine crazy Geräusch, Darling?«, holte die Stimme ihres Mannes sie aus ihren Gedanken.

Becky winkte verlegen ab. »Ach nur so! Jetzt könnten Tom und Resa wirklich noch mal anrufen, oder? Was kann da nur los sein, dass Opa Gotthilf sie unbedingt hat sprechen müssen? Und wieso konnte er dir nicht sagen, worum es geht?«

Palmer zuckte mit den Schultern. »I don't know, Baby. Aber sie werden sick schon melden.«

Beide zuckten zusammen, als im gleichen Moment das Telefon klingelte.

Kapitel 34

Angermünde, Januar 2015

Die Kälte im Schlafzimmer war für Tom kaum zu ertragen. Der Grund dafür war nicht die winterliche Außentemperatur und auch nicht eine womöglich schlecht funktionierende Heizung in den Matternschen Ehegemächern, nein, es war eine andere Art von Kälte, die hier ihr Unwesen trieb. Eine, die sich wie eine undurchdringbare Haut um die Körper des Paares geschlungen hatte, das sich hierher, auf der Flucht vor der Wahrheit, zurückgezogen hatte. Einer Wahrheit, die immer noch unwirklich und unakzeptabel erschien, der man aber scheinbar nicht entrinnen konnte.

Resa schlief. Tom lag hinter ihr und hatte einen Arm schützend über sie gelegt. Nachdem Polizeihauptkommissar Schnaller detailliert von den Erkenntnissen der letzten Tage berichtet hatte, war die Ärztin weinend zusammengebrochen. Einfach so zusammengeklappt. Wie ein schlecht gebautes Kartenhaus! Tom hatte sie ins Schlafzimmer getragen, hatte ihr etwas zur Beruhigung gespritzt und dann so lange ihre Hand gehalten, bis sie eingeschlafen war. Dann hatte er die Polizistin Bacher gebeten, bei seiner Frau zu wachen.

Er selbst war in die Küche zurückgekehrt und hatte zunächst die Reynolds' angerufen. Palmer war natürlich genauso geschockt gewesen, wie alle anderen Beteiligten. Ohne zu zögern, hatte er zugestimmt, dass die Kinder zunächst bei ihm und Becky blieben, hatte Tom sogar versichert, eine extra Security für sie zu buchen, was eine riesige Erleichterung für den Arzt gewesen war. Zumindest waren die Kinder in Sicherheit.

Nach dem Gespräch mit seinem Freund hatte Tom sich eine Flasche Bier aus dem Kühlschrank genommen, die er in einem Zug leerte, bevor er sich wieder an den Tisch gesetzt hatte. Zu Gotthilf und seinem Neffen. Und zu den anderen Chefermittlern, die nach Angermünde gekommen waren, fest entschlossen, diese schrecklichen Verbrechen endgültig aufzuklären und den Täter davon abzuhalten, ein weiteres hinzuzufügen. Die Männer hatten diskutiert. Stunde um Stunde! Auf der Suche nach einem Motiv! Denn nur, wenn sie das finden oder erahnen könnten, würde es eine Chance geben, den Mörder rechtzeitig aufzuspüren.

Tom hatte sich immer wieder aufs Neue zwingen müssen, das Gespräch konzentriert zu verfolgen. Seine Gedanken schweiften andauernd zu der Frau ab, die im Nebenzimmer schlief. Seine Resa, die er so sehr liebte. Verzehrend liebte! Unendlich liebte! Was hatte er gelitten vor vier Jahren, als sie nach ihrem Unfall beinahe gestorben war und wie groß war das Glück gewesen, als sie aus dem Koma erwacht war. Tom hatte gedacht, dass dieser Unfall und das Bangen um Resa zeit seines Lebens das Schlimmste gewesen sein würde, was ihm passiert war. Er hätte sich nicht vorstellen können, dass irgendwann mal etwas geschehen würde, das noch weitaus ärger war.

Denn diesmal war es kein unglücklicher Zufall, kein Schicksalsschlag, der das Leben seiner Frau bedrohte. Nein, es war ein durch und durch kranker Mensch, der vor nichts zurückschreckte. Der Abscheuliches getan hatte und weiter tun wollte. Aber warum Resa? Tom kannte sie jetzt schon so viele Jahre. Ein halbe Ewigkeit. Na ja, fast. Nach dem Ende seines Studiums hatten sich ihre Wege für einige Jahre getrennt, aber er konnte sich einfach nicht vorstellen, dass sie sich in dieser Zeit oder sonst irgendwann Feinde gemacht hatte. Ihr war Zank und Hader in jeglicher Form zuwider. Und wenn es dann doch einmal so weit gekommen war, dann war sie stets darauf bedacht, möglichst schnell eine Versöhnung herbeizuführen.

So wie mit diesem Patienten, der sie wegen eines angeblichen Kunstfehlers verklagt hatte. Gotthilf hatte ihn als möglichen Täter ins Spiel gebracht. Er konnte ja auch nicht wissen, dass Resa nach dem Prozess und nach den nicht enden wollenden telefonischen Belästigungen durch den Mann ein direktes Gespräch mit ihm gesucht hatte. Sie hatte auch Tom nie gesagt, was genau sie mit dem Mann besprochen hatte. Fakt war aber, dass die Anrufe von jetzt auf gleich aufgehört hatten und zudem das Marienkrankenhaus von da an in jedem Jahr eine stattliche Spende von diesem Mann bekommen hatte. Außerdem war er schon damals gebrechlich gewesen, Tom schloss es daher gänzlich aus, dass er irgendetwas mit den Verbrechen zu tun haben könnte.

Friedhelm Schnaller hatte sehr aufmerksam zugehört, als Tom von Resas Gabe berichtete, alle Menschen durch ihre herzliche Art in den Bann zu ziehen. Und er gestand sich ein, dass es ihm nicht anders ergangen war, als er sie kennengelernt hatte. Umso unbegreiflicher, dass ausgerechnet sie die Hauptrolle in diesem kranken Drama spielen sollte. Das Mitgefühl, das der erfahrene Polizist in diesem Moment empfand, war nicht geheuchelt. Tom spürte das und er war dankbar dafür. Doch half es ja nicht weiter. Sie mussten einfach beginnen, das Undenkbare zu akzeptieren, vielleicht würden sie dann die Fährte des Täters aufnehmen können.

Dann hatte Gotthilf noch einen anderen Namen erwähnt, und mit einem Male hatte Tom klar gesehen. Warum nur war er nicht selbst darauf gekommen? Dieser

Mann könnte es tatsächlich sein. Er musste es sein! Die Polizisten hatten sich hektische Notizen gemacht, als Tom sie über die damaligen Vorfälle informierte. Dann hatten sie zu ihren Handys gegriffen und unverzüglich die Fahndungsmaschinerie in Gang gesetzt.

Tom hatte sich daraufhin wieder ins Schlafzimmer verzogen, in dem Silke Bacher immer noch den Schlaf seiner Frau bewachte. Dankbar hatte er der jungen Frau zugenickt, die leise das Zimmer verlassen hatte. Jetzt lag er hier bei seiner Frau, lauschte ihrem Atem und schwor sich zum wiederholten Male, dass er es nicht zulassen würde, dass ihr etwas passierte. Niemals! Er würde sie ganz einfach nicht mehr aus den Augen lassen, und wenn dieses Schwein zuschlagen wollte, dann müsse er zuerst an ihm vorbei. Und das würde ihm nicht gelingen. Nur über seine Leiche!

Für Tom stand es außer Frage, dass er Resa bis zum Letzten verteidigen würde, dass er bereit war, für sie zu sterben. Und ebenso war er bereit, dieser widerlichen Ratte das Lebenslicht auszupusten. Er würde ihn töten. Eiskalt! So eiskalt, wie er diese unschuldigen Frauen abgeschlachtet hatte.

Tom zuckte zusammen, denn Resa regte sich. Sie schien aufzuwachen. Er schlang seinen Arm noch fester um sie, beugte sich über sie und gab ihr einen leichten

Kuss auf die Wange. »Hey du!«, flüsterte er sanft. »Da bist du ja wieder!«

Sie lächelte, aber er spürte, wie sie sich in seinen Armen versteifte. In dem Moment, als sie sich an das erinnerte, was ihr Stunden zuvor gesagt worden war. Er merkte, wie sie sich gegen ihre Angst stemmte, aber nichts dagegen tun konnte. Die Tränen schossen unaufhaltsam in ihre Augen und liefen lautlos über ihre Wangen. Ihre Furcht, sie zeigte sich auch in der unübersehbaren Gänsehaut, die ihren ganzen Körper überzog. Und sie zitterte! Wie Espenlaub. Es tat weh, sie so zu sehen. Tom fühlte sich so hilflos wie nie zuvor in seinem Leben. Was konnte er nur tun?

Sei da für sie!, hörte er seine innere Stimme, und er war mehr als gewillt, ihr zu folgen. »Nicht weinen, Liebes!«, raunte er und wiegte sie in seinen Armen. »Es wird dir nichts geschehen, das verspreche ich dir!« Minutenlang lagen sie so da und ganz allmählich kam Resa zur Ruhe.

»Können wir reden?« fragte Tom. Seine Frau nickte und die beiden richteten sich auf. Im Schneidersitz saßen sie sich auf ihrem Ehebett gegenüber, sahen sich an und hielten sich an den Händen.

»Da draußen!«, fing Tom stockend an. »Also, wir haben überlegt, wer in der Lage wäre, so etwas zu tun. Dieser Patient war ein Thema. Der, der dich damals gestalkt hat, aber ich konnte sie überzeugen, dass er es unmöglich sein kann.«

Resa nickte wiederum und hörte ihrem Mann weiter zu.

»Dann hat Opa Gotthilf etwas angesprochen, das ich schon längst aus meinem Gedächtnis verdrängt hatte. Verdrängen musste, sonst hätte es mich aufgefressen. Alexander von Bernim! Und seine versuchte Vergewaltigung vor zehn Jahren. Dieses reiche Arschloch wollte dich damals aufreißen, und als er keinen Erfolg damit hatte, wollte er sich gewaltsam holen, was du ihm verwehrt hast. Wenn ich damals gewusst hätte, was der Typ im Schilde führt, ich hätte ihn gleich auf dem OP-Tisch verrecken lassen. Zum Glück konnte ich es in letzter Sekunde verhindern, dass er dir etwas antut.

Warum er jetzt, zehn Jahre später, diesen ›Rachefeldzug‹ beginnt, weiß ich beim besten Willen nicht. Wahrscheinlich konnte er mit seiner verletzten Eitelkeit nicht weiterleben und hat seinen ganzen Hass auf dich fokussiert. Möglicherweise malt sein krankes Hirn sich aus, wie sehr er mich treffen würde, wenn er dich tötet, womit er ja leider auch recht hat. Fakt ist, dass er der Einzige ist, jedenfalls der Einzige, der mir einfällt, der ein Motiv hätte für diese ganze Scheiße. Die Bullen sehen das genauso. Es sind schon alle Maßnahmen ergriffen worden. Mach dir keine Sorgen, Süße! Sie werden dieses Schwein bald haben, und dann hat der Albtraum ein Ende!«

Resa hatte ihren Mann aussprechen lassen, obwohl sie mehr als einmal den Impuls gehabt hatte, ihn zu unterbrechen. Doch jetzt ergriff sie das Wort. »Tom«, begann sie zögernd. »Du weißt, dass ich nicht der Mensch bin, der für immer und ewig zürnt. Das kann ich einfach nicht. Das Leben ist so kurz, wieso sollte man die kurze Zeit durch zu viele negative Gedanken vergiften? Das war immer mein Anliegen …auch bei Alexander von Bernim. Ich weiß, dass du mir jetzt wahrscheinlich den Kopf abreißen wirst …«

Ängstlich senkte sie den Blick, während Tom eine aufsteigende Unruhe verspürte und mehr als alarmiert war.

»Sprich weiter, Liebling!«, forderte er sie leise auf.

»Ja also, Alexander …«, fuhr Resa schließlich fort. »Ich hatte Kontakt mit ihm. Schon bald nach den Vorfällen damals. Sorry, ich konnte dir davon nichts sagen, weil ich wusste, dass du völlig ausgeflippt wärst. Aber Alexander …, also er hat seine Tat ehrlich bereut. Hat mir gesagt, dass er wirklich verliebt in mich war. So sehr, dass sein Verstand kurzfristig ausgesetzt hat und er die Kontrolle verlor. Ich habe ihm das geglaubt. Weil er die Wahrheit gesagt hat und weil er seine Tat ehrlich bereute. Das habe ich einfach gespürt. Er hat sich tausend Mal bei mir dafür entschuldigt, dass er versucht hat, mir etwas anzutun, und … und ich habe ihm verziehen. Weil ich nicht anders konnte. Sei mir nicht böse deswegen, bitte, Tom!«

Normalerweise wäre Tom tatsächlich ausgerastet, aber in Anbetracht der besonderen Umstände galt es, Prioritäten zu setzen.

»Wir werden ein anderes Mal darüber sprechen!«, sagte er deshalb ruhig. »Aber auch wenn ihr euch ausgesprochen habt, könnte er doch dennoch als Täter in Frage kommen.« Alles war so logisch erschienen, Tom wollte einfach von der Theorie nicht ablassen.

Resa schüttelte mit dem Kopf. »Kann er nicht!«, erwiderte sie.

»Warum nicht?«

Sie sah ihn mit kalkweißem Gesicht an. »Weil Alexander von Bernim seit vier Monaten tot ist!«, antwortete sie mit zittriger Stimme.

Kapitel 35

Angermünde, Januar 2015

»Wie bitte? Er ist tot? Das kann nicht sein!« Tom konnte nicht glauben, was Resa da gesagt hatte.

Seine Frau zuckte mit den Schultern. »Es ist aber so!«, erwiderte sie. »Er starb bei einem Autounfall in der Schweiz, ist aber in Berlin begraben worden. Seine Schwester hat mich informiert. Alexander hat mich in seinem Testament bedacht. Keine Ahnung, warum er das getan hat. Wahrscheinlich, weil ihn noch immer das schlechte Gewissen gequält hat. Jedenfalls hat seine Schwester mir dann einen Scheck zugeschickt.«

Der Durchmesser von Toms Halsschlagader hatte sich in den vergangenen Sekunden gefühlt verdoppelt. Das konnte ja jetzt wohl nicht wahr sein! Sie hatte Geld von diesem Arschloch geerbt? Und damit womöglich die Klamotten seiner Kinder oder das neue Auto bezahlt? Ohne ihm ein Wort davon zu sagen? Das schlug dem Fass ja wohl den Boden aus. Er holte tief Luft und nahm schon Anlauf, seiner Angetrauten gehörig die Leviten zu lesen, als Resa abwehrend die Hand hob, denn natürlich wusste sie, dass Tom kurz vorm Ausrasten stand.

»Du kannst dich abregen!«, sagte sie matt. »Ich habe das Geld selbstverständlich nicht angenommen. Soviel ich weiß, hat seine Schwester es dann einem wohltätigen Zweck zukommen lassen. Und damit dann jetzt auch alles auf den Tisch kommt, sage ich dir, dass ich vor einigen Wochen das Grab von Alexander besucht und ein paar Blumen dort abgelegt habe. Ich brauchte das irgendwie, um die ganze Sache für mich endgültig zu beenden. Wenn dich das jetzt noch mehr aufregt, dann kann ich auch nichts dagegen machen. Sei halt sauer! Das wäre sicher nicht mein größtes Problem zurzeit.«

Sie fing wieder zu weinen an, und Tom fühlte sich so richtig mies. Was war er bloß für ein unsensibler Holzklotz, verdammt! Er erhob sich vom Bett und deutete der völlig aufgelösten Resa, es ihm gleichzutun. In der Ecke stand ein riesiger Sessel, dort setzte er sich hinein und zog seine Frau auf seinen Schoß, umarmte sie und streichelte sie, gab ihr die Wärme und die Sicherheit, die sie jetzt brauchte. Schneller als er gedacht hatte, beruhigte sie sich wieder. Jedenfalls weitgehend.

»Alexander fällt als Täter aus, daran gibt es keinen Zweifel«, schniefte sie und nahm dankbar Toms Bundeswehrtaschentuch, in das sie heftig schnäuzte. »Aber wer um Himmels willen ist so böse auf mich, dass er mich ….umbringen will?«

Das war auch das, was Tom sich jetzt erneut fragen musste. Seine Stirn legte sich in tiefe Falten. »Also der Kommissar Schnaller meinte, dass alles darauf hindeutet, dass der Täter ein verschmähter Verehrer oder ehemaliger Liebhaber sein muss. Na gut! Da dieser ›Verehrer‹ ausfallen dürfte, müssen wir eben weiter überlegen.«

Tom hatte es immer vermieden, etwas über Resas frühere Beziehungen zu erfahren, weil der Gedanke, dass ein anderer sie berührt hatte, ihn wahnsinnig machte. Auch wenn das lange vor ihrer Beziehung gewesen sein sollte. Aber jetzt ging es eben nicht anders, er musste sich damit auseinandersetzen.

»Denk nach!«, drängte er sie. »Hattest du jemals etwas mit einem Typen, der dir seltsam vorkam? Der ein Arschloch war? Vielleicht an der Uni?«

Resa senkte den Blick, doch als sie ihn wieder hob, erkannte er den Schmerz in ihren Augen. »Ja, mit so einem hatte ich mal was!«, erwiderte sie stocksteif. »Er wollte mich ins Bett kriegen, und als er das geschafft hatte, hat er mich abserviert.«

Tom zuckte unter ihren Worten zusammen, wurde ihm doch schlagartig klar, dass er selbst damit gemeint war. Himmel, er konnte es wirklich nicht fassen, was er der Liebe seines Lebens damals angetan hatte, auch wenn er noch gar nicht gewusst hatte, dass sie das war.

»Und außer diesem Arschloch?«, fragte er leise.

Resas Blick schweifte durch das Fenster in die Ferne, als sie nachdachte. »Als du damals fertig warst mit dem Studium und weggegangen bist …«, begann sie zögerlich.

»Ja?«, hakte Tom ungeduldig nach.

»Da war ich für einige Wochen mit Gunter Bollmann zusammen. Erinnerst du dich an ihn?«

Tom sah sie entsetzt an. Nur zu gut konnte er sich an diesen hässlichen Eigenbrötler erinnern, über den sich damals die halbe Uni lustig gemacht hatte. Überdurchschnittlich intelligent, aber ein Sonderling, wie er im Buche stand. Einer derjenigen, mit dem niemand etwas zu tun haben wollte. Unter gar keinen Umständen! Außer Resa, so wie es schien.

»Du erzählst mir jetzt aber nicht, dass du mit diesem Kasper gepoppt hast?«, stieß er angewidert und kochend vor Eifersucht hervor.

Resa lief knallrot an und senkte erneut den Blick. Das war Tom Antwort genug. Er ballte die Fäuste. Nur mit Mühe konnte er seine negativen Emotionen in den Griff bekommen.

»Und weiter?«, knurrte er. »Wen gab es da noch?«

Resa zuckte mit den Schultern. »Nicht viele! Der erste Freund, den ich hatte, … das war kurz vor dem Abitur. Es ging auseinander, weil wir später in verschiedenen Städten studierten. Soviel ich weiß, ist er irgendwann nach Australien ausgewandert. Außer dir und Gunter gab es danach nur noch einen. Als ich den Job in Marburg hatte! Aber das war ein One-Night-Stand! Auf einer Party…ich war betrunken! Kurz danach habe ich die Stelle am Marienkrankenhaus angenommen, und wie es dann weitergegangen ist, weißt du ja.«

Tom klappte die Kinnlade nach unten, und er fühlte sich, als wenn ihn gerade ein Bus gestreift hätte. Was taten sich hier für Seiten an seinem Mädchen auf? Erst die Sache mit dem Bollmann und jetzt auch noch ein One-Night-Stand? Er hätte dazu einiges zu sagen gehabt, aber er schluckte es lieber runter. Außerdem wusste er natürlich, dass ihm eine Kritik gar nicht zustand, denn das alles war geschehen, bevor sie zusammengekommen waren. Und er selbst hatte ja auch nichts anbrennen lassen.

»Also gut!«, meinte er schließlich. »Auch wenn ich nicht glaube, dass der Bollmann es gewesen sein könnte, wir müssen es dem Kommissar wenigstens sagen.«

Resa nickte, erhob sich vom Schoß ihres Mannes und die beiden kehrten Hand in Hand ins Wohnzimmer zurück.

Dort herrschte ein hektisches Treiben. Drei der Ermittler, auch Friedhelm Schnaller, telefonierten mit ihren Handys, während die übrigen sich eifrig Notizen machten. Opa Gotthilf saß regungslos in dem großen Ohrensessel in der Ecke und schaute dem Wirrwarr zu.

»Ja, danke für die Information. Dann sind wir da wohl auf dem Holzweg!«, beendete sein Neffe gerade sein Telefongespräch und blickte die Matterns enttäuscht an. »Alexander von Bernim kann es nicht sein!«, teilte er ihnen mit. »Der ist vor ein paar Monaten tödlich verunglückt!«

»Ja!«, erwiderte Tom mit einem gestrengen Seitenblick auf seine Frau. »So weit sind wir mittlerweile auch gekommen. Es gibt aber noch jemanden, der möglicherweise in Frage kommt. Sein Name ist Gunter Bollmann.«

PHK Schnaller stutzte kurz, dann weiteten sich seine Augen. »Gunter Bollmann? Wirklich? Na, das ist ja jetzt mal interessant!«

Ein paar Straßen weiter zur gleichen Zeit

Zwei Briefe waren fertig geschrieben. Zwei Briefe an Resa Mattern. Der eine würde das große Finale endgültig einläuten, und der andere würde ein Totengesang sein. Die Gestalt hatte sich viel Mühe gegeben mit der Formulierung. Hatte sogar etliche Ansätze für schlecht befunden und weggeworfen. Alles sollte perfekt sein in diesem Spiel. Schließlich war es vollbracht und zufrieden lehnte sich die Person auf ihrem Stuhl zurück.

Da war es wieder, dieses besondere Prickeln, das schon so lange nicht mehr präsent gewesen war. Das Prickeln, das Ausdruck eines Gefühls war. Nämlich dem, dass man etwas wert war. Dass man nicht umsonst auf dieser Erde weilte, sondern dass man eine Aufgabe hatte, nein, eine Mission. Resa Mattern hatte Unrecht begangen, indem sie alles Glück dieser Welt für sich allein zu beanspruchen schien. Dem musste Abhilfe geschaffen werden. Sie würde bezahlen müssen, damit die Gerechtigkeit siegte. Dann war alles wieder im Lot, Gut und Böse wieder gleichgestellt.

Die Person rieb sich den schmerzenden Kopf. Die aufregenden vergangenen Monate forderten ihren Tribut. Schwerfällig erhob sich die Gestalt von ihrem Stuhl und schlurfte zum Bad, um eine Tablette zu nehmen, als es plötzlich klopfte. Die Gestalt blickte zur Uhr und runzelte die Stirn, ging dann aber doch zur Tür und öffnete. »Was willst du denn schon hier?«, peitschten dann auch gereizte Worte durch die Luft, worauf die andere Gestalt, die lässig im Türrahmen lehnte, nur leicht mit den Schultern zuckte.

»Sorry! Ich konnte einfach nicht länger warten! Wann geht es endlich los?«

»Morgen! Und keine Sekunde früher!«

Kapitel 36

Angermünde, 31. Januar 2015

»Becky, ich habe gerade nicht wirklich Lust, mit dir zu diskutieren!« Tom verdrehte genervt die Augen im Kopf, telefonierte er doch mittlerweile schon fast zwanzig Minuten mit der besten Freundin seiner Frau, die sich einfach nicht abwimmeln lassen wollte.

»Du sollst auch gar nicht mit mir diskutieren!«, erwiderte diese schnippisch. »Hol' mir ganz einfach Resa ans Telefon und gut ist.«

»Sie schläft noch, wie oft soll ich dir das noch sagen, verdammt noch mal!« bellte Tom, nun den Rest seiner guten Kinderstube endgültig vergessend.

Es war ruhig in der Leitung. Für einen Moment dachte Tom sogar, Becky hätte aufgelegt, doch dann hörte er ein leises Schluchzen in der Leitung. Er kräuselte die Stirn. Solange er Rebecca Reynolds nun kannte, und das war ebenso lang, wie er seine eigene Frau kannte, hatte er noch nie erlebt, dass sie weinte. Nicht nur diesbezüglich war sie das komplette Gegenteil von Resa, was ihn Ewigkeiten nicht hatte warm werden lassen mit ihr. Dazu kam, dass sie ihm lange verübelt hatte, wie er Resa auf der Uni behandelt hatte. Länger als Resa selbst es getan hatte.

Richtig entspannt hatte sich ihr Verhältnis eigentlich erst, nachdem Becky Palmer geheiratet hatte. Der Amerikaner war ein Pfundskerl, mit dem er sich sofort gut verstanden hatte. Das hatte sich auch auf den Umgang mit Becky abgefärbt, und eigentlich mochte er sie mittlerweile ganz gerne.

»Es tut mir leid, Becky!«, sagte er deswegen auch, weil ihn sein schlechtes Gewissen quälte. »Ich wollte dich nicht so harsch angehen.«

»Schon gut, Tom!«, hörte er sie in den Hörer schniefen. »Ich habe nur so eine schreckliche Angst um sie, weißt du?«

Tom schluckte schwer. Natürlich wusste er! Wie sollte er auch nicht? Auch ihn zerrissen die Furcht und die Sorge um den liebsten Menschen, den er auf dieser Welt hatte, beinahe in zwei Stücke. Es war grauenvoll, so hilflos zu sein. Und genauso wie ihm musste es Becky auch ergehen.

»Ja, ich weiß!«, antwortete er leise. »Aber ich versichere dir, dass die Polizei alles dafür tut, den Täter bald dingfest zu machen. Wir müssen einfach abwarten.«

»Gibt es denn überhaupt schon einen Verdächtigen?«

Tom seufzte. »Ich war mir sicher, dass wir den Richtigen schon auf dem Schirm hatten. Aber das war leider ein Irrtum.«

»Wen meinst du?«

»Alexander von Bernim!«

»Aber der ist doch tot!«

Tom atmete scharf ein. »Du hast davon gewusst?«

»Ja, sorry!«, erwiderte Becky ein wenig kleinlaut. »Resa brauchte einfach jemanden, mit dem sie darüber reden konnte. Und da du immer wie eine Granate hochgegangen bist, wenn der Name des Mannes fiel…«

»Zu Recht! Der Typ hätte Resa beinahe vergewaltigt.«

»Ja, das hat er, aber er hat es bereut und Resa hat ihm verziehen. So ist sie nun mal«

Tom seufzte ein weiteres Mal. »Ja, leider! Okay! Im Moment checken sie Gunter Bollmann. Dass Resa mit dem etwas gehabt hat, wirst du dann ja bestimmt auch wissen.«

»Natürlich! Resa und ich haben keine Geheimnisse voreinander. Ich habe damals auch die Hände über dem Kopf zusammengeschlagen, aber sie war nach dieser Geschichte mit dir nicht wirklich zurechnungsfähig. Zum Glück hat sie ihm beizeiten den Laufpass gegeben.«

»Ja! Und deswegen wäre es doch möglich, dass er einen Hass auf sie hat.«

»Meinst du wirklich?«, wandte Becky mit zweifelnder Stimme ein. »Sorry Tom, aber ein Typ, der es nicht einmal gebacken bekommt, sein Hemd ordentlich zuzuknöpfen, soll ein gewiefter Serienkiller sein? Scheint mir äußerst unwahrscheinlich.

»Hast du eine bessere Idee?«

Becky schwieg einen Moment, und Tom wurde das Gefühl nicht los, dass es da etwas gab.

»Spuck es aus, Becky!«, forderte er sie eindringlich auf. »Wenn du einen Verdacht hast, dann sag es mir! Sofort!«

»Einen Verdacht würde ich es jetzt nicht gerade nennen, aber ... hat sie ... hat sie dir jemals von der Sache mit Frank erzählt?«

Tom fuhr sich durch die Haare. »Frank? Wer zum Teufel ist Frank?«

»Frank Wegmann. Er war ein Kommilitone, erinnerst du dich? Frank hat für ein paar Monate mit Sanne, Resa und mir in einer WG zusammengelebt.«

Tom kräuselte die Stirn, weil in diesem Moment Gotthilf Schnaller in die Küche kam. Er war leichenblass und hatte einen Briefumschlag in der Hand.

»Ach der! Ja, ich erinnere mich an ihn!«, sprach Tom hastig ins Telefon. »Hör zu, Becky! Ich muss jetzt Schluss machen. Ich rufe dich später zurück, okay?«

Ohne ihre Antwort abzuwarten, beendete er das Gespräch und steckte das Handy in seine Hosentasche. Er starrte auf den Briefumschlag in den Händen seines

Mitbewohners. Ein Umschlag, der so weiß war wie das Gesicht des alten Mannes und Tom spürte das Unheil beinah körperlich, das über ihnen schwebte.

»Was ist los, Gotthilf?«, fragte er alarmiert.

Der alte Schnaller zeigte auf den Umschlag. »Ein Fahrradkurier hat das gerade gebracht«, antwortete er mit zittriger Stimme. »Sieh selbst!«

Tom nahm das Kuvert in die Hand, und auch er verlor umgehend jegliche Farbe. Der Brief war an Resa adressiert. Mit der korrekten Adresse, aber auch mit einem Zusatz, der lautete: »FROSCH! Es wird Zeit!«

Tom hatte nicht viel gefrühstückt, aber das wenige, was er intus hatte, schickte sich an, den Rückweg anzutreten. Nur mühsam konnte er ein Würgen unterdrücken, aber er musste sich jetzt einfach zusammenreißen, musste stark sein. Für seine Frau!

»Vielleicht sagst du schon mal deinem Neffen Bescheid!« forderte er den alten Mann auf. »Ich werde Resa wecken.«

Kapital 37

»Dich fest im Visier« am 30. Januar 2015

Liebe Resa!

Eigentlich makaber, Dich in Anbetracht gegenwärtiger Ereignisse so zu nennen, nicht wahr? Ich meine, ich bin schließlich der Mensch, der Dich abgrundtief hasst. So sehr, wie Du es Dir in Deinen ärgsten Träumen nicht vorstellen kannst. Der Mensch, der Deine bloße Gegenwart auf diesem Planeten für schier unerträglich hält und Dir so wehtun möchte, wie es nur irgend geht.

Aber so eine Situation hat der »Knigge« nicht vorgesehen. Ich meine, soll ich Dich etwa ansprechen mit »Böse Resa!« oder ganz einfach mit »Schlampe!«? Denn nichts anderes bist Du, so viel steht fest.

Doch genug der Faselei. Ich schreibe Dir, weil es an der Zeit dafür ist. Zunächst möchte ich Dich beglückwünschen, denn ich habe gesehen, dass die Polizei bereits vor Ort ist. Das war anders geplant, aber Du siehst, selbst der beste Plan gelingt nicht immer fehlerfrei. Tut aber auch nichts zur Sache. Die Bullen hätten eh zum Finale eine Einladung bekommen. Schließlich braucht dieses geniale Verbrechen ja eine repräsentative Bühne, wenn es seine Krönung findet.

Aber ich greife vor. Ich sollte von vorne beginnen: Sieben Frauen mussten in den vergangenen Monaten sterben. Warum? Das hat sich die Polizei sicherlich die ganze Zeit gefragt, genauso wie Du es momentan ohne Zweifel tust. Ich sehe Dich regelrecht vor mir sitzen und flennen. Wie Du es immer getan hast! Widerlich! Immer dieses Rumgeheule, obwohl Du eigentlich nie einen Grund dazu hattest.

Schon seit einigen Jahren war es klar für mich, dass es nicht angehen kann, dass Du alles Glück dieser Erde besitzt und andere ständig abgestraft werden, obwohl sie genauso unschuldig sind wie Du. Gott hat ihn immer wieder gemacht, diesen schweren Fehler. Ich meine, er schickt jedem Menschen seine Prüfungen, lässt jeden Menschen Glück, aber auch viel Leid erfahren, nur bei Dir scheint er immer und immer wieder eine Ausnahme zu machen. Von Tag zu Tag wurde mir mehr bewusst, dass ich dieser Ungerechtigkeit entgegenwirken muss. Dass Du genauso leiden musst wie alle anderen Menschen auf dieser Erde und ich persönlich dafür Sorge trage, dass es so kommt.

Warum dieser Aufwand, wirst Du Dich fragen. Weswegen habe ich Dich nicht einfach abgemurkst und gut wär's gewesen? Ganz einfach, weil mir das zu simpel erschien. Denn schließlich habe ich vor, einen göttlichen Fehler zu beheben, das verdient schon ein besonderes Verfahren, wenn ich es mal so nennen darf. Die Frauen mussten sterben, weil eine jede von ihnen etwas von Dir besaß, und alle sieben Merkmale zusammen eine neue Resa Mattern ergaben. »Meine« ganz persönliche Resa Mattern. Von mir erschaffen!

Hört sich das krank an in Deinen Ohren? Ich kann Dir sagen, es ist ganz und gar nicht krank. Es ist die Schöpfung eines genialen Gehirns, aber das wirst Du in Deiner bodenlosen Einfältigkeit kaum nachvollziehen können. Dieser Plan ist schon seit Jahren in meinem Kopf zu Ende gedacht, nur fehlte mir lange Zeit die Kraft, ihn umsetzen zu können. Bis mir ein glücklicher Zufall einen anderen Weg gewiesen hat.

Weitere Details wirst Du gegebenenfalls erfahren, wenn Du den Mut dazu hast, und damit bin ich auch schon beim eigentlichen Grund dieses Schreibens. Ich möchte, dass Du Dich mit mir triffst. Morgen gegen Mittag in Berlin. Da gibt es dieses Restaurant im KaDeWe. Das »Lebuffet«! Ich könnte jetzt natürlich verlangen, dass Du diesen Brief niemandem zeigst, und dass Du bloß nichts den Bullen davon erzählst, aber das erscheint mir vergebene Müh, Du würdest Dich sowieso nicht daran halten. Also sag es ihnen ruhig. Ich habe keine Angst vor ihnen.

Warum ich dieses Treffen will? Um Dir vielleicht noch einmal alles persönlich erklären zu können, damit Du verstehst, was hier Großes passiert. Vielleicht braut sich ja auch gerade schon etwas in Deinem Kopf zusammen, was Du mir sagen könntest, um mich wieder auf den nach deiner Meinung richtigen Weg zu bringen. Nein, nicht vielleicht, das ist sogar ganz gewiss so. Könnte ja sein, dass Du es schaffst. In Deinen Augen hat ja jeder Mensch einen guten Kern. Aber ob das auch für mich gilt?

Triff Dich mit mir, dann wirst Du es sehen! Wie Du mich erkennen wirst? Das braucht Dich nicht zu kümmern, es wird ganz einfach sein. Ach ja, eine Absage für dieses Treffen lasse ich übrigens nicht gelten. Solltest Du morgen nicht im KadeWe erscheinen, wird es ein neues Opfer geben. Und das wird an jedem folgenden Tag, an dem Du dich drückst, genauso sein. Willst Du diese Schuld wirklich tragen, Resa Mattern? Ich denke nicht, also sehen wir uns. Morgen!

Bis dahin

Das Blatt Papier glitt aus den Händen des Polizeihauptkommissars Friedhelm Schnaller. Er konnte es einfach nicht mehr festhalten, so sehr belastete ihn dessen Inhalt. Irgendwie verspürte er den Wunsch, sich zu kneifen. Dies alles hier konnte doch nur ein schlechter Traum sein. Da war ein Mörder, der sich kreuz und quer durch die Republik metzelte, Katz und Maus mit der Polizei spielte, um sich dann am Ende derselbigen auf einem Silbertablett zu präsentieren?

Was zum Teufel ritt diesen Menschen? Er musste sich doch im Klaren darüber sein, dass er sie auf diesem Wege vermasseln würde, die Krönung eines genialen

Verbrechens, wie dieses Schwein das selbst betitelt hatte. Ratlos sah er in die Gesichter der Menschen, die mit ihm am Tisch saßen. Sein Onkel, dem der Gram der vergangenen Tage die Schultern ordentlich gedrückt hatte, und der jetzt tatsächlich so alt aussah, wie er schon lange war. Tom Mattern, der vor Wut seine Fäuste ballte und der keinen Zweifel daran ließ, dass er seine Frau bis zum letzten Blutstropfen verteidigen würde.

Und dann Resa selbst. Immer noch blass ja, aber auch irgendwie entschlossen sah sie aus. Friedhelm Schnaller ahnte, was sie bewegte, und er ahnte noch viel mehr, dass sie sich kaum würde aufhalten lassen.

»Ich geh' dahin!«, sagte sie in diesem Moment, als wenn sie die Gedanken des Polizisten hätte lesen können. Tom und Gotthilf sahen sie an, als wenn sie um ihren Verstand fürchteten. Und der eine tat das natürlich auch sofort kund.

»Frau, bist du jetzt übergeschnappt, oder was?«, fuhr Tom sie an. »Du wirst da ganz sicher nicht hingehen! Im Gegenteil: Ich denke, es ist das Beste, wenn wir dich außer Landes bringen. Ich werde gleich mit Palmer telefonieren. Er wird uns sicher seinen Privatjet zur Verfügung stellen, und wir können heute noch in die Staaten fliegen. Seine Ranch in Texas ist ein Hochsicherheitstrakt, da wird dir nichts geschehen.«

Resa sah ihn traurig an. »Genau, mir wird nichts geschehen!«, wiederholte sie die Worte ihres Mannes. »Dafür wird jeden Tag, an dem ich davonlaufe, ein anderer Mensch sterben. Für mich! Denn ich zweifle nicht an den Worten dieses Verrückten. Das kann ich nicht verantworten, Tom, und das weißt du auch. Glaub ja nicht, dass ich keine Angst hätte. Die habe ich! Sogar eine Scheißangst. Trotzdem glaube ich fest daran, dass die Sache gut für mich ausgehen wird … also irgendwie. Im Brief steht es doch auch. Ich hatte immer Glück im Leben, warum sollte das diesmal anders sein?«

Sie hatte mit fester Stimme gesprochen und ließ keinen Zweifel daran, dass sie wild entschlossen war, am nächsten Tag nach Berlin zu fahren, aber ihre Worte prallten an Tom ab, wie an einer glatten Felswand.

»Vergiss es, Resa Mattern!«, schrie er wutentbrannt. »Du wirst dort nicht hingehen und basta! Denkst du überhaupt einmal an unsere Kinder … an mich … an uns? Wieso willst du so leichtsinnig dein Leben riskieren? Noch einmal, du gehst da nicht hin, … ich verbiete es dir!« Er regte sich so auf, dass man für einen Moment befürchten musste, er würde kollabieren. Opa Gotthilf legte besänftigend seine Hand auf den Arm des Jüngeren.

»Beruhige dich, Tom!«, redete er auf ihn ein. »Ich bin sicher, dass Friedhelm, also die Polizei, weiß, was zu tun ist. Und sie werden sicher nicht zulassen, dass Resa etwas passiert, nicht wahr, Fidi?«

Sein Neffe nickte zustimmend. Sicher würden sie alles tun, um das Leben der Ärztin zu schützen, aber in einem irrte sich sein Onkel: Er wusste nicht annähernd, was jetzt zu tun war, zu bizarr war das, was hier passierte.

Er schreckte auf, als Silke Bacher und Richard Alfhausen zu Tür hereingestürmt kamen. »Was ist los?«, fragte Friedhelm, der die Aufregung der beiden Kollegen sofort erkannte.

»Zwei Sachen!«, keuchte Polizeioberkommissar Alfhausen. »Wir haben Gunter Bollmann ausfindig gemacht. In einem Bordell in Berlin. Dort hat er so ein All-Inclusive-Wochenende gebucht. Hundert Euro für drei Tage poppen, saufen und fressen, bis nichts mehr geht.« Alfhausen ignorierte die missbilligenden Blicke der beiden anwesenden Damen und fuhr fort. »Wir haben seine Alibis für die sieben Morde gecheckt. In den meisten Fällen hatte er tatsächlich keine, aber als die Frauen auf Spiekeroog und in Heidelberg getötet worden sind, hat er im Krankenhaus gelegen. Hatte sich da unten rum so einen fiesen Ausschlag eingefangen.«

Diesmal waren die Blicke der Damen nicht nur missbilligend, sondern regelrecht angewidert.

»Jedenfalls hat er noch mal bestätigt, dass man seine Geldbörse samt Papiere geklaut hat, und er das bei der Polizei angezeigt hat. Der Name Resa Mattern respektive Rechtien war ihm übrigens sofort ein Begriff. Er hat sogar gefragt, ob sie derzeit Single wäre.«

Jetzt stand auch Tom der Ekel, ebenso aber auch eine unbändige Wut deutlich ins Gesicht geschrieben.

„Mmh!«, kommentierte Friedhelm Schnaller die Ausführungen seines Kollegen. »Also war das auch ein Schlag ins Wasser. Denn wir dürften uns ja wohl einig sein, dass die Taten auf jeden Fall von ein und demselben Täter begangen wurden. Was habt ihr noch?«

Verwundert sah er das strahlende Lächeln der Hospitantin Bacher, die selbstbewusst ihren Laptop auf den Küchentisch setzte.

»Die Kollegen aus Berlin haben uns ein Überwachungsvideo geschickt«, erklärte sie. »Es wurde im Foyer der Bank aufgenommen, und zwar an dem Tag, an dem dort ein Konto auf den Namen von Gunter Bollmann eröffnet wurde. Die Bankangestellte, die das bearbeitet hat, konnte sich gut an diesen Vorgang erinnern, weil auf das neue Konto sofort Geld eingezahlt wurde, und zwar zwanzigtausend Euro in bar. Deswegen konnte die Frau den Mann auf dem Video auch sicher als den identifizieren, der eben jenes Konto bei ihr eröffnet hat.«

»Wirklich?«, fragten alle wie aus einem Munde.

»Ja, wirklich!«, bestätigte Silke Bacher und startete das Video. »Sehen Sie selbst!«, forderte sie die Anwesenden auf, die gebannt auf den Bildschirm starrten. Sie alle sahen einen Mann, der auf den ersten Blick tatsächlich aussah wie Gunter Bollmann. Mit einer schmierigen, geligen Frisur und einer reichlich unmodernen Brille, von seiner Kleidung ganz zu schweigen. Aber es war nicht Gunter Bollmann. Der Groschen fiel erstaunlicherweise zuerst bei Tom, doch dann weiteten sich auch Resas Augen.

»Ich denke, wir zwei kennen diesen Mann, oder?«, sagte Tom leise zu ihr.

Resa nickte und kleine Schweißperlen bildeten sich auf ihrer Stirn.

Ihr Mann atmete tief ein. »Du sagst uns jetzt sofort, was da vorgefallen ist! Hörst du?«

Auch Resa rang um Atem, doch dann begann sie langsam zu sprechen.

Kapitel 38

Angermünde, 31. Januar 2015

Resa lag in der Badewanne und versuchte, sich zu entspannen. Eigentlich gelang ihr das hier immer. Die Badewanne, das war ihr ganz persönlicher Rückzugsort seit nunmehr zehn Jahren. Seit sie mit diesem unglaublichen Kerl verheiratet war. Der so gigantisch gut aussah, einfach nur sexy war - heute noch genauso wie damals, wenn nicht sogar ein bisschen mehr. Der Mann, der sie auf seine ganz eigene Art auf Händen trug, sie bedingungslos liebte, aber, auch das konnte man nicht verhehlen, sie auch so manches Mal in den Wahnsinn trieb. Wenn es zu arg wurde, dann rein ins Bad, Schlüssel umdrehen, fertig.

Oder Opa Gotthilf! Mein Gott, sie hätte nie geglaubt, dass sie diesen alten Mann so dermaßen in ihr Herz schließen würde. Wenn sie daran dachte, wie alt er war, und dass sie ihn möglicherweise schon bald nicht mehr bei sich haben würde, machte sie das unsagbar traurig. Dennoch gab es Tage, da nervte sie der alte Mann. Dann, wenn er seine Anhänglichkeit einfach nicht abstellen konnte und ihr hinterherlief wie ein liebeskranker Dackel. Da half dann nur noch eins! Ab in ihr gefliestes Reich!

Und seitdem die Kids größer wurden, und sowohl das erste als auch das letzte Wort des Tages immer »Mama« war und das in vierfacher Ausführung, da brauchte sie diesen Zufluchtsort mehr denn je. Hier konnte sie zur Ruhe kommen, einfach nur Resa sein und nicht die Ehefrau, Geliebte, Mutter oder Ersatztochter.

Aber war das auch heute so? Konnte sie einfach abschalten und vergessen, was sie in den vergangenen zwei Tagen alles erfahren hatte? Natürlich konnte sie das nicht! Wie auch? Sie war schuld daran, dass sieben Frauen hatten sterben müssen, wenn auch indirekt. Und weswegen? Weil ein Mann sich an ihr für etwas rächen wollte, was erstens schon lange her war und zweitens, er im Grunde genommen einzig und alleine selbst zu verantworten hatte. Aber wahrscheinlich hatte der Hass und die Rachsucht sein Gehirn so weit vernebelt, dass er das schon längst nicht mehr erkennen konnte.

Die Fahndung nach ihm war angelaufen, aber bislang noch ohne jeden Erfolg. Was Resa nicht die Spur wunderte. Dieser ganze Plan war so ausgeklügelt, warum sollte er sich auf den letzten Metern einfach so schnappen lassen? Er wollte den Showdown in diesem Restaurant im KaDeWe, und er würde ihn bekommen.

Denn wenn Resa auch diesen armen sieben Frauen nicht mehr helfen konnte, so würde sie alles, was in ihrer

Macht stand, tun, um weiteres Unheil abzuwenden. Selbst, wenn sie dafür mit ihrem Leben bezahlen musste. Das würde das kleinere Übel für sie sein. Sie würde es niemals ertragen können, wenn ein weiterer unschuldiger Mensch ihretwegen draufgehen würde. Natürlich hatte sie Angst, dass sie sterben könnte, aber sie vertraute darauf, dass es nicht so weit kommen würde.

Der liebe Gott würde schon nicht zulassen, dass vier kleine Kinder ihre Mutter verlieren, Außerdem war sie tatsächlich davon überzeugt, dass sie ein Kind des Lichts war. Das Glück, das ihr in den vergangenen zehn Jahren beschieden gewesen war, konnte nicht einfach in tausend Stücke zerbersten. Diese einzigartige Liebe zwischen Tom und ihr, das Geschenk dieser vier wunderbaren Kinder, es konnte nicht zu Ende sein, das durfte nicht zu Ende sein: Das alles würde nicht zu Ende sein! Sie glaubte fest daran und deswegen war sie jetzt auch völlig ruhig.

Besondere Momente der letzten Jahre kamen ihr in den Sinn. Und das ein oder andere Mal huschte ihr ein Lächeln über das Gesicht. Bis ein leises Klopfen an der Tür sie in die Gegenwart zurückholte.

»Liebes, kann ich reinkommen?«, hörte sie Toms besorgte Stimme. Seine Frau lächelte. Sie lag jetzt zehn Minuten in der Wanne und hatte ihm eigentlich eine halbe Stunde abgetrotzt, in der sie allein sein wollte. Das hatte er ihr unter der Bedingung zugebilligt, dass sie die Tür nicht abschließen durfte. Es war ihr schon klar gewesen, dass er nie und nimmer ganze dreißig Minuten würde aushalten können, aber so früh hatte sie dann doch nicht mit ihm gerechnet.

»Na, komm schon rein, du Nervensäge!«, rief sie halbwegs belustigt. Aber das Lachen verging ihr, als Tom zur Tür hereinkam, und sie in sein Gesicht sah. Er war leichenblass, etwas, das sie bei ihm noch nicht sehr oft gesehen hatte. Und er wirkte deutlich gealtert, mit dicken Fältchen an den Augen. Und dann das, was eben diese sonst so lebhaften grünen Augen ihr zeigten. Da war nichts als Angst, eine nackte Panik und natürlich war ihr sofort klar, warum das so war.

»Hey, komm mal her zu mir!«, forderte sie den Mann leise auf, der immer noch im Türrahmen verharrte, dann aber schließlich ganz ins Bad trat und die Tür hinter sich schloss. Er ging die paar Schritte und hockte sich zu ihr auf den Rand der Wanne. Resa setzte sich auf und fasste nach seinen Händen. Voller Liebe sah sie ihn an.

»Ich … ich … ich will nicht, dass du da hingehst«, stammelte er und dicke Tränen liefen ihm über die Wange.

Resa war absolut geschockt. Sie hatte geahnt, dass Tom ihre Entscheidung nicht einfach so hinnehmen würde. Hatte gedacht, dass er wütend sein würde, dass er schimpfen würde, ihr nochmals verbieten würde, auf die Forderung des Mörders einzugehen, aber das hier hatte sie beim besten Willen nicht erwartet. Ihr starker Ehemann war völlig in sich zusammengebrochen, schluchzte wie ein kleiner Junge, weinte hemmungslos. Sein ganzer Körper bebte. Ein Anblick größten Jammers. Für Resa unerträglich. Verzweifelt überlegte sie, was sie tun sollte, was sie sagen konnte, und dann wusste sie es. Sie legte ihre Hände um seinen Oberarm und zog ihn zu sich in die Wanne. So wie er war, in voller Kleidung, mit seinen teuren Markenschuhen an den Füßen.

»Was ... soll das, ... Schatz?«, versuchte er, sich zu wehren, ließ es dann aber zu. Und es geschah Wunderbares. Resa umschlang ihn mit ihren nackten Armen und Beinen und zog seinen Oberkörper gegen ihren. Sie ließ ihn ihre ganze Wärme, ihre ganze Liebe spüren. Streichelte immer wieder über seine Brust, küsste ihn auf die Wange, bis er sich beruhigte. Eine Ewigkeit lagen sie so da. In ihrem selbst geschaffenen Himmelreich, in dem ihnen niemand etwas anhaben konnte. Niemand!

»Ich will immer noch nicht, dass du da hingehst«, sagte Tom schließlich leise, aber gefasst.

»Ich weiß, mein Schatz!«, erwiderte Resa und drückte ihre Wange gegen seine. »Aber du kennst mich, Tom. Wie kein anderer! Und darum weißt du auch, dass ich das machen muss. Denn wie sollte es sonst weitergehen? Sollen wir dabei zusehen, wie weitere Menschen zu Schaden kommen? Sollen wir für immer und ewig auf der Flucht sein? Immer Angst haben, dass unseren Kindern etwas passiert? Nein, das kann ich nicht zulassen! Und das weißt du auch.«

Ihr Mann nickte kaum merklich. »Ja!«, meinte er traurig. »Aber lass mich dich dorthin begleiten, Liebes. Bitte!«

Resa schüttelte energisch mit dem Kopf. »Nein, auf gar keinen Fall!«, lehnte sie sein Ansinnen ab. »Denn nur für den Fall, dass mir doch etwas passieren wird, was ich nicht glaube, dann muss sicher sein, dass zumindest du am Leben bleibst. Für unsere Kinder!«

Tom schossen schon wieder die Tränen in die Augen, aber diesmal schluckte er seine Angst tapfer runter. »Resa Mattern, du bist so unglaublich stark! Und eigentlich brauchst du mich gar nicht!«, raunte er und umschloss ihre Hände mit seinen.

»Da täuschst du dich gewaltig!«, erwiderte Resa ernst. »Wenn dies alles hier vorüber ist, dann werde ich dich mehr denn je brauchen, darauf wirst du dich schon mal einstellen müssen. Denn mit diesen Ereignissen werde ich bis ans Ende meiner Tage leben müssen, und ich weiß wirklich nicht, wie ich das schaffen soll.«

Tom streichelte mit den Daumen über ihren Handrücken. »Ich werde für dich da sein!«, flüsterte er. »Immer! Das verspreche ich dir!«

Resa umschlang den Mann, den sie liebte, noch ein wenig fester. So blieben sie liegen, bis das erkaltende Wasser sie aus der Wanne zwang.

Tom schälte sich aus den nassen Klamotten und band sich ein Handtuch lose um die Hüften, während sich seine Frau in ihren Bademantel hüllte, und ihre Haare ein wenig antrocknete. Dann schlichen die zwei durch den Flur, vorbei an der Küche und dem Wohnzimmer, wo mal wieder hektisch telefoniert wurde, in ihr gemeinsames Schlafzimmer.

Dort standen ihnen noch mal schwere und sehr emotionale Momente bevor: Sie riefen ihre Kinder an! Resa versuchte, sich nichts anmerken zu lassen, aber am Ende brachen bei ihr alle Dämme und sie weinte bitterlich. Tom hatte zum Glück zwischenzeitlich zu alter Stärke zurückgefunden und es gelang ihm, Resa und auch die Kleinen, die ja von dem ganzen Drama nichts wussten und mit ihrer aufgelösten Mutter völlig überfordert waren, wieder zu beruhigen.

Als das Gespräch beendet war, legte das Paar sich wortlos nebeneinander aufs Bett. Sie lagen dort Hand in Hand und starrten an die Decke, grübelten. Was würde der nächste Tag ihnen bringen? Natürlich fanden sie keine Antwort darauf. Wie auch, es stand in den Sternen. Es lag in Gottes Hand! Erst spät nach Mitternacht schliefen sie ein. Ein neuer Tag, ein neuer Monat. Der 1. Februar 2015 war angebrochen.

Kapitel 39

Angermünde, 1. Februar 2015

»Tom, bitte! Könntest du dich endlich hinsetzen? Du machst mich wahnsinnig mit deinem Herumgerenne!« Opa Gotthilfs mahnende Stimme durchdrang zum wiederholten Male die Stille des Matternschen Wohnzimmers. Das heißt, so still war es eigentlich nicht, denn Tom zog kontinuierlich seine Runden übers Parkett. Und das, seitdem seine Frau das Haus verlassen hatte. In Begleitung eines riesigen Polizeiaufgebots, was ihn beruhigt hatte - für etwa zwei Sekunden.

Das war vor einer Dreiviertelstunde gewesen. Seitdem malträtiere er den teuren Fußboden seines Wohnzimmers mit seinen Schuhsohlen, ging auf und ab, dachte nicht daran, auch nur einen Moment innezuhalten. Er hätte sie nicht gehen lassen dürfen. Niemals! Wie hatte er so irrsinnig sein können, die Liebe seines Lebens, die Mutter seiner vier Kinder, einfach so in die Arme eines Massenmörders laufen zu lassen? Und wenn noch so viele Polizisten dort vor Ort sein würden, dieses Schwein würde einen Weg finden, seinen fürchterlichen Plan zu Ende zu bringen. Außerdem wurde Tom das Gefühl nicht los, dass sie etwas Entscheidendes übersehen hatten. Je länger er darüber nachdachte, desto sicherer war er sich diesbezüglich, und es machte ihn fertig, wie sollte es auch anders sein? Also lief er! Weil er einfach die Bewegung brauchte, sonst würden ihn seine Ängste früher oder später auffressen.

Opa Gotthilf konnte sich denken, was in Tom vorging. Auch er fürchtete um Resa, ihm war aber auch klar, dass sie nur diesen Weg hatte wählen können. Weil sie das eben ausmachte. So war diese bemerkenswerte Frau nun mal gestrickt! Und tief in seinem Innern wusste er, dass alles ein gutes Ende nehmen würde. Wenn es nur ein Fitzelchen Gerechtigkeit auf dieser Erde gäbe, dann müsste es so sein.

Der alte Mann erhob sich aus seinem Sessel und versuchte, Tom am Arm festzuhalten, der jedoch ließ das nicht zu und setzte seinen Marsch fort. Das wollte und konnte Gotthilf aber so nicht hinnehmen, also griff er mal wieder zu einem bewährten Mittel und stellte dem ruhelos Umherstreifenden ein Bein. Und wie schon Tage zuvor ging der Arzt wie ein nasser Sack zu Boden. Einem kurzen Jaulen folgte eine wütende Schimpftirade, die aber an dem alten Mann einfach so abprallte.

»Halt den Mund, Mattern!«, ordnete der Ältere ohne Umschweife an. »Du stehst jetzt auf und setzt dich in den

Sessel. Ich gehe derweil in die Küche und koche dir einen Tee.«

Tom funkelte seinen Mitbewohner zornig an. »Ich soll Tee trinken? Willst du mich verarschen?«, blaffte er lautstark. »Ich werde dir sagen, was ich tun werde. Ich fahre da jetzt hin und hole Resa da raus. Ich hätte sie nie und nimmer gehen lassen dürfen.« Wild entschlossen rappelte er sich auf und wollte am Schnaller vorbeistürmen, als dessen Stimme tief in seine Gehirnwindungen drang.

»Wenn du das machst, Tom«, sagte Gotthilf ruhig, aber bestimmt. »Dann bringst du sie erst recht in Gefahr. Was glaubst du, wie der Mörder reagiert, wenn du da auftauchst? Dann wird er vielleicht völlig abdrehen. Du musst Vertrauen haben! Zur Polizei, aber auch zu Resa. Sie weiß, was sie tut. Es wird schon alles gut gehen!«

Tom musste tief schlucken, aber schließlich erkannte er, dass Gotthilf recht hatte. Wenn er da jetzt aufschlagen würde, dann würde es die Situation womöglich noch verschlimmern. Resignierend ließ er sich in den Sessel nieder, in dem kurz zuvor noch sein Mitbewohner gesessen hatte. »Gut!«, sagte er knapp. »Aber keinen Tee, mach' Kaffee, ja?«

Der alte Schnaller nickte und trollte sich in die Küche. Tom schloss erschöpft die Augen. Und was sah er?

Sie natürlich. Die Bilder wechselten, aber immer war sie das Hauptmotiv. Als er sie zum ersten Mal nach Jahren wiedergesehen hatte. In der Kantine des Marienkrankenhauses. Wie sie ihm zunächst die kalte Schulter gezeigt hatte, eine eiskalte Schulter wohlgemerkt! Wie dadurch sein Ehrgeiz geweckt worden war, und er sie nach allen Regeln der Kunst umworben hatte. Er hatte sie rumkriegen wollen. Noch einmal rumkriegen wollen! Und was war geschehen? Sie hatte ihn rumgekriegt. Unwiderruflich hatte er sich in dieses wunderbare Mädchen verliebt. Jeden Tag ein bisschen mehr, bis es kein Zurück mehr gegeben hatte.

Er dachte daran, wie sie endlich zusammengekommen waren, wie er sie dann noch einmal derbe vor den Kopf gestoßen hatte, weil er Fracksausen bekommen hatte. Und wie er dann schlussendlich doch über seinen Schatten gesprungen war und sich für sie entschieden hatte. Mit Haut und Haaren!

Er dachte an ihre Hochzeit, an ihr vor Glück strahlendes Gesicht mit den geröteten Wangen, als ihr ihre Erstgeborene in die Arme gelegt worden war und an all die seligen Momente, die diesem folgten.

Und er dachte an die aufregenden Stunden in Branitz, die doch erst kurz zurücklagen und doch Lichtjahre entfernt schienen. Trotzdem konnte er noch die Wärme ihrer Haut spüren, ihren Duft noch riechen. Sie war bei ihm ... und doch so unendlich weit weg. Sein Herz krampfte sich erneut schmerzhaft zusammen und Tom musste sich zwingen, nicht laut aufzuschreien. Würde er sie wiedersehen? Lebend wiedersehen?

»My little frog!«, flüsterte er verzweifelt. »Du musst zu mir zurückkommen, hörst du?«
Plötzlich wurde er leichenblass. »Verdammte Scheiße!«, stieß er aus und sprang aus dem Sessel.

»Was ist?«, fragte Gotthilf besorgt, der just in diesem Moment mit einem Tablett ins Wohnzimmer zurückkehrte.

»Er kann nicht gewusst haben, dass ich sie Frosch nenne«, erwiderte Tom aufgebracht. »Diese Information muss ihm jemand Anderes gegeben haben.«

»Wie bitte?«, hakte Gotthilf irritiert nach. »Du glaubst also ...?«

Tom nickte. »Ja! Es kann nicht anders sein. Er ist nicht allein, da muss es noch jemand geben.«

Die beiden Männer starrten sich an, entsetzt von dem, was ihnen da eben klar geworden war. Ihre Gedanken überschlugen sich, als es plötzlich an der Tür klingelte.

Tom zuckte zusammen. »Ich geh schon!«, sagte er, noch immer völlig gefangen genommen von dieser neuen

Erkenntnis, und setzte sich in Bewegung. Ging durch den Flur die Treppe hinab zur Haustür, die warnenden Rufe seines Mitbewohners ignorierend, denn die Polizei hatte den Männern strengstens untersagt, jemanden ins Haus zu lassen. Doch irgendwie spielte das keine Rolle mehr. Als wenn eine unsichtbare Macht ihn führen würde, ging Tom diesen Weg.

Als er die Tür öffnete, sah er sie. Er erkannte sie nicht gleich, ein paar Sekunden brauchte er, bis er begriff, wer da vor ihm stand und was diese Frau in den Händen hielt.

»Du?«, fragte er völlig irritiert.

»Ja, ich!«, antwortete die Frau. Und mit ihrer Antwort leuchtete das Mündungsfeuer auf. Tom sah es, hörte den Knall, spürte den unsagbaren Druck gegen seine Brust. Den Schmerz, der ihm die Füße wegzog. Im Fallen hörte er einen zweiten Schuss, dem unmittelbar ein weiterer Schmerz an seinem Kopf folgte, schlimmer noch als der erste. Er riss ihn unverzüglich aus dem Bewusstsein. Den dritten, den tödlichen Schuss, bekam er nicht mehr mit.

Kapitel 40

Zur gleichen Zeit im KadeWe

Resa saß nun schon zwanzig Minuten in dem sündhaft teuren Bistro im »Kaufhaus des Westens«. Sie hatte sich ein Mineralwasser bestellt, aber angerührt hatte sie es nicht ein einziges Mal. Was nicht weiter verwunderlich war. Nach außen hin schien sie völlig ruhig zu sein, aber tief in ihrem Innern tobte ein Orkan, ein Mischmasch aus nackter Angst, Wut und Verzweiflung.

Am liebsten wäre sie fortgelaufen, aber sie wusste, dass dieser Weg der einzige war, dem Mörder das Handwerk zu legen. So bitter es war, sie musste hier jetzt durch, musste diesem schrecklichen Geschehen ein Ende bereiten. Das war die einzige Chance, zukünftig in Frieden leben zu können, auch wenn sie nicht die Spur einer Ahnung hatte, ob das überhaupt jemals wieder gelingen könnte. Aber mit Tom an ihrer Seite würde sie das schon irgendwie packen.

Tom! Sie hätte ihn jetzt so gerne bei sich gehabt. Seine schützende Wärme gespürt, aber es konnte nicht sein, es durfte nicht sein. Dies hier war eine Sache zwischen ihr und ihm. Dem Mann, der glaubte, sich so grausam für etwas rächen zu müssen, was er sich selbst zuzuschreiben hatte. Nervös blickte sie sich um. Ob er wohl schon da war? Sich verkleidet hinter irgendeinem Pfeiler versteckte, sie observierte und vorab schon mal mit Blicken tötete? Doch so sehr sie sich bemühte, sie konnte nichts Verdächtiges feststellen.

»Nicht nervös werden!«, hörte sie die Stimme von Friedhelm Schnaller durch den kleinen Lautsprecher in ihrem Ohr. »Wir haben Sie fest im Visier, es wird Ihnen nichts passieren.«

Die blonde Frau deutete ein Nicken an und nahm jetzt doch einen Schluck aus ihrem Glas. Wenn er doch nur endlich auftauchen würde. Das Warten machte sie mürbe, sie konnte einfach nicht mehr.

»Frau Dr. Mattern?«, riss sie die Stimme des Kellners aus den Gedanken.

Sie zuckte zusammen. »Ääh … ja?«, stammelte sie. »Das … bin … ich!« War es jetzt etwa so weit? Resa atmete tief durch. Betete inständig, dass sie die Nerven behalten und vor allem, dass die Polizei auf der Hut sein würde.

Der Kellner sah die offensichtlich aufgewühlte Frau verwundert an, drückte ihr dann aber wie befohlen einen Zettel in die Hand. »Der hier wurde gerade für Sie abgegeben«, meinte er, drehte sich um und ging an den

Nachbartisch, an dem gerade ein weiterer Kunde vehement um die Rechnung gebeten hatte.

Resa zitterte, ihre Hände bebten geradezu, als sie das kleine, weiße Papier auseinanderfaltete. Dort würde dann wohl eine weitere Anweisung für sie niedergeschrieben sein. Ihr Blick fiel auf die Worte. Sie las sie, konnte sie aber zunächst nicht verstehen … wollte sie nicht verstehen. Doch dann wich jegliche Farbe aus ihrem Gesicht, und sie sprang auf. Hinter ihr krachte der Stuhl unsanft auf den Boden.

»Resa? Hallo? Was ist los?«, hörte sie die aufgeregte Stimme von Polizeihauptkommissar Schnaller in ihrem Ohr, doch seine Worte hatten keine Bedeutung für sie. Nichts hatte mehr eine Bedeutung für sie. Ihr Mund öffnete sich, aber sie hatte keine Kraft zu schreien. Sie hatte für gar nichts mehr Kraft.

PHK Schnaller sah von seinem Beobachtungsposten, nur wenige Meter von Resa entfernt, dass etwas Schreckliches passiert sein musste. Er musste etwas unternehmen und nahm das Funksprechgerät in die Hand. Sie würden jetzt eingreifen. Doch bevor er das Einsatzkommando instruieren konnte, erschütterte eine gewaltige Detonation das »Lebuffet«.

Instinktiv warf der Kommissar sich auf den Boden, erwartete schon, dass Scherben oder Trümmerteile auf ihn einprasseln würden. Aber nichts dergleichen geschah. Der Sprengsatz war also nicht direkt in dem Bistro hochgegangen, sondern in der Einkaufspassage davor. Schnaller rappelte sich auf, sah durch die Scheiben des »Lebuffets«, welche wie durch ein Wunder der Druckwelle standgehalten hatten, verletzte Menschen umherirren. Unter ihnen seine Kollegen, die versuchten zu helfen. Es glich einem Kriegsschauplatz.

Blutüberströmte Frauen, Männer und Kinder wussten nicht, was ihnen da gerade passiert war. Weinten, schrien voller Verzweiflung. Instinktiv wollte Friedhelm Schnaller zu ihnen rennen, ihnen beistehen, doch dann hielt er inne. Langsam drehte er sich um. Und da stand sie ... noch immer genauso wie vor der Explosion. Wunderschön, aber leichenblass, bis auf die Knochen schockiert und völlig teilnahmslos. Was den Polizisten aber noch viel mehr in Aufruhr versetzte, war der Anblick des Mannes, der Resa Mattern gegenüberstand. Von Angesicht zu Angesicht. In seinem Blick lag ein unbändiger Hass.

Und Friedhelm Schnaller sah noch etwas. Eine Flasche, die der Mann in den Händen hielt. Eine braune Glasflasche, die dem Kommissar verdächtig vorkam. Das war doch nicht etwa ...? Schnaller wurde schlagartig bewusst, was der Mann vorhatte. Er wollte Resa nicht töten, nein, er wollte ihr Schlimmeres antun.

Entsetzt sah er, wie der Mann eiskalt den Verschluss der Flasche abdrehte. Die Füße des Kommissars setzten sich wie von allein in Gang. Dem Durcheinander vor dem „Lebuffet" folgte eines inmitten des Bistros. Ein wildes Handgemenge begleitet von Schreien. Wütende Schreie und dann Schreie, die einen Schmerz ausdrückten, wie er ärger nicht sein könnte. Schreie, die die Türen der Hölle öffneten und einen Blick in das unfassbar Böse gewährten - das Antlitz des Teufels offenbarten.

Zwei Stunden später

Das »Lebuffet« glich einem Lazarett. Mehrere Tote hatte die Explosion in der Fußgängerpassage vor dem Bistro gefordert. Ebenso viele Schwerverletzte und unzählige Leichtverletzte. Die Medienvertreter, die schon bald nach der Detonation zu Dutzenden in das KaDeWe eingefallen waren, mutmaßten, dass es sich um einen Terroranschlag mit islamistischem Hintergrund handeln könnte. Es wäre ja nur eine Frage der Zeit gewesen, dass es auch Deutschland treffen würde.

Von diesen Spekulationen bekam der Kellner des Bistros nichts mit. Er taperte unsicher in dem Chaos umher, wusste nicht, wo und wie er helfen sollte. Sein Blick fiel auf einen Zettel, der unter einem umgeworfenen Stuhl lag. Er hob ihn mit zitternden Händen auf. Das war doch das Papier, das er dieser blonden Frau gegeben hatte. Die Nachricht verschwamm vor seinen Augen, nur mit Mühe konnte er sie entziffern.

»RESA! SCHLAMPE! In diesem Augenblick stirbt er. Dein heißgeliebter Tom Mattern wird verrecken und du wirst leiden bis in alle Ewigkeit. Nichts anderes hast du verdient!«

Der Kellner verstand nicht, was er da las. Es spielte auch keine Rolle, denn im gleichen Moment wurde er von einem Rettungssanitäter aufgefordert, beim Verarzten eines Kindes zu helfen. Er zerknüllte den Zettel und warf ihn wieder auf die Erde.

Kapitel 41

Berlin, 6. Februar 2015

Resa hatte keine Tränen mehr. Sie hatte so viel geweint in den vergangenen fünf Tagen, dass sie jetzt nur noch leer und ausgebrannt war. Am Morgen war die Beerdigung gewesen. Ihr behandelnder Arzt hatte ihr angeraten, nicht daran teilzunehmen. Aber sie hatte das einfach tun müssen, auch wenn es sie noch tiefer in dieses schwarze Loch hineingerissen hatte, das sie seit nunmehr fünf Tagen umfing.

Nach den Ereignissen am 1. Februar und einem kurzen Krankenhausaufenthalt hatte Resa nicht zurück nach Hause gewollt. Seitdem war sie bei Becky Reynolds in deren Villa in Berlin. Ihre Freundin kümmerte sich rund um die Uhr um sie, obwohl sie selbst sich in einem andauernden Schockzustand befand. Palmer und die Kinder hatte sie weggeschickt. Sie waren für ein paar Tage an die Ostsee gefahren. Resa war einfach noch nicht in der Verfassung, auf ihre Töchter und auf ihren Sohn zu treffen. Sie hätte zu viel erklären müssen, was sie nicht erklären konnte.

Natürlich wusste Resa, dass sie sich dem irgendwann stellen musste, dass sie irgendwann in ihr Leben zurückkehren musste. Aber was war das für ein Leben nach allem, was passiert war? Noch hatte sie keine Kraft dazu. Und hatte auch keine Ahnung, ob sie diese auch jemals wieder erlangen würde.

Jetzt saß sie einfach so da. Saß auf dem breiten Bett im Gästezimmer der Reynolds' und starrte die gegenüberliegende Wand an. Irgendwann tasteten ihre Finger über die Matratze und fanden ihn. Den Brief, der sie am Tag nach den schrecklichen Geschehnissen erreicht hatte, und den sie seitdem immer und immer wieder gelesen hatte. Weil sie es verstehen wollte! Doch war das nicht schlicht unmöglich? Wie sollte man Unbegreifliches begreifen? Trotzdem, sie musste es versuchen. Sie atmete tief durch und begann erneut zu lesen.

Liebe Resa!

Schon wieder diese scheinheilige Anrede, aber was soll's, ich bleibe jetzt ganz einfach mal dabei. Wenn Dich der Inhalt dieser Zeilen erreicht, wird es vollbracht sein. Das hoffe ich zumindest. Ich hatte Dir ewiges Leiden versprochen und so wird es von nun an wohl sein. Tom Mattern ist mausetot und Dein Engelsgesicht mitsamt Deinem Augenlicht hinüber. Wenn das alles so geklappt hat, dann ist der Gerechtigkeit Genüge getan.

Zum Glück hast du jemanden gefunden, der Dir diesen Brief vorliest, denn obwohl ich Dir keine Erklärung schulde, sollst Du trotzdem eine bekommen. Da mein Komplize und auch ich wohl zu diesem Zeitpunkt nicht mehr unter den Lebenden sein werden, muss das anhand dieses Briefes geschehen, aber das ist ja auch egal, oder? Seit so vielen Jahren hasse ich Dich jetzt. Eigentlich vom ersten Tag an. Was für ein dämlicher Zufall, dass wir beide uns um ein Zimmer in der gleichen Wohngemeinschaft beworben hatten. Und noch dämlicher, dass wir beide auch noch den Zuschlag erhielten.

Du hast nie gemerkt, dass ich Dich nicht ausstehen konnte, oder? Deine ganze Art ging mir tierisch auf den Wecker. Ich meine, es ist doch unnormal, dass man beinah ständig gute Laune hat, immerzu die Welt verbessern will und für jeden ein gutes Wort übrig hat. Unsere Mitbewohner konntest Du ja auch sofort für Dich vereinnahmen. Becky hing ja geradezu an deinen Lippen und auch Frank fand Dich umwerfend. Was, das wusstest Du nicht? Tja, es war aber so, bis Du selbst ihm diesen Zahn gezogen hast. Niemand von uns konnte sich damals erklären, warum Frank bei Nacht und Nebel verschwunden ist. Als ich ihm Jahre später dann durch Zufall begegnete, bin ich aus allen Wolken gefallen, als er mir erzählte, was geschehen war.

Aber es passte in das Bild, das ich eh schon von Dir hatte. Vermutlich hat man Dir im Laufe der Jahre so oft gesagt, dass Du ein Engel seist, dass du es schon selbst geglaubt hast. Nur Du wusstest anscheinend, was sich gehörte. Nur Du wusstest, was gut war oder was böse.

Himmel, was war das eine Genugtuung, als Tom Mattern Dich als sein nächstes Opfer auserkoren hatte und mit Dir das Gleiche tat, wie mit allen anderen zuvor. Er ließ Dich fallen! So wie er es auch mit mir gemacht hatte. Nur vier Wochen zuvor! Dieses Arschloch! Damals habe ich tatsächlich noch an eine ausgleichende Gerechtigkeit gedacht. Dass auch Du eben mal Pech hast, wie jeder andere eben auch. Als wir unser Studium beendeten, hatte ich irgendwie meinen Frieden mit Dir geschlossen. Du gingst nach Marburg und ich nahm zunächst eine Assistenzarztstelle in Neumünster an, bevor ich dann heiratete und in die Landarztpraxis meines Mannes einstieg und schon bald meine Tochter bekam. Das alles wusstest Du, denn wir hatten in dieser Zeit erstaunlicherweise sehr regen Kontakt, erinnerst Du Dich?

Ich hatte damals das Gefühl, dass ich Dich mit der nötigen Distanz als »Freundin« akzeptieren könnte. Dann bekam ich diese niederschmetternde Diagnose: Darmkrebs! Ich war Dir dankbar, dass Du mich damals für die Operation und die anschließende Behandlung in das Marienkrankenhaus nach Berlin geholt hast, doch hätte ich geahnt, was ich dort erleben muss, wäre ich lieber weggeblieben.

Du warst tatsächlich mit Tom Mattern zusammen. Und er wollte Dich heiraten! Ich konnte es nicht glauben. Selbst diesen Schürzenjäger mit einem denkbar schlechten Charakter hattest Du gedreht. Einen guten Menschen aus ihm gemacht. Und er nannte Dich seinen Frosch, wie albern war das denn?

Ich musste mich sehr viel übergeben in dieser Zeit und glaub' mir, es lag nicht immer an der Chemotherapie. Als ich mit der Behandlung durch war, habe ich gesehen, dass ich wegkam aus Berlin. Habe unseren Kontakt auf ein Minimum beschränkt, aber das ist Dir nicht wirklich aufgefallen, oder? Denn ich bin mir sicher, dass Du keine Ahnung hast, wie es mir weitererganger ist. Ich hingegen war immer darüber informiert, was in Deinem Leben passierte. Dank Facebook und Deinem widerlichen Bedürfnis, Deine persönlichen Angelegenheiten öffentlich zu machen.

Alles hast Du dort ausgebreitet. Hast alle an Deinem unfassbaren Glück teilhaben lassen, ob man nun wollte oder nicht. Dass Tom Dich tatsächlich geheiratet hatte, nachdem er Chefarzt der Chirurgie geworden war. Dass Du einen Balg nach dem anderen zur Welt gebracht hast und Ihr ein Traumhaus in Berlin bezogen hattet. Dass Du glücklicher warst, als Du es Dir jemals erträumt hattest. Doch auf einmal warst Du weg. Hast wochenlang nichts gepostet. Ich habe Becky deswegen angemailt und die schrieb mir von Deinem Unfall. Du wärst dabei beinah drauf gegangen, ebenso Dein ungeborenes Baby, aber natürlich hast Du auch das gepackt, wie alles in Deinem Leben. Ich konnte es nicht fassen.

Spätestens als Du dann wieder da warst und von Deinem ach so tollen, neuen Leben in Angermünde berichtet hast, da war das

Fass voll für mich. Denn soll ich Dir mal erzählen, wie es mir zwischenzeitlich ergangen war?

Kurz nachdem ich zurück in Neumünster war, kam der Krebs zurück. Ich entschied mich gegen eine erneute Operation und für eine ambulante Chemotherapie, weil ich weiterarbeiten wollte. Das hätte ich lieber bleiben lassen, denn es ging mir in dieser Zeit so schlecht, dass ich in der Praxis immer häufiger Fehler machte. Schwere Fehler machte. Ich will das an dieser Stelle abkürzen, denn mein Leben entwickelte sich binnen weniger Jahre zu einem einzigen Albtraum, dessen Details ich mir hier nicht noch mal wieder antun möchte. Ich verlor meine Approbation, meine Ehe scheiterte und mein Mann jagte mich zum Teufel. Und natürlich bekam er das alleinige Sorgerecht für unsere Tochter. Meine geliebte Tochter, die dann vor jetzt fünf Jahren vom Fahrrad stürzte. Nur dass ihr Schutzengel nicht so aktiv war wie Deiner. Meine Kleine brach sich das Genick und war sofort tot.

Irgendwann erkannte ich es glasklar. Es schien ganz so, als wenn ich alles Unglück dieser Erde erdulden musste, während Du permanent auf einer rosaroten Wolke schwebtest. Du hattest einen Mann, der Dich vergötterte, gesunde Kinder und eine Praxis auf dem Lande. Du lebtest das Leben, das ich mir für mich erträumt hatte. Von Tag zu Tag wuchs mein Hass auf Dich!

Schon komisch, irgendwann hast Du mal gepostet, dass kein Gefühl klarer, ehrlicher und größer sein könne als die Liebe, die Du für Tom empfindest. Du hast Dich geirrt, Resa Rechtien, oder

Mattern, wie Du ja jetzt heißt, denn der Hass, den ich für Dich empfand, war zehnmal unverfälschter, wahrhaftiger und gewaltiger, als es Deine Liebe zu diesem arroganten Arschloch jemals hätte sein können.

Doch wäre es wahrscheinlich für alle Zeiten dabei geblieben, dass ich Dich aus der Ferne verachte und verfluche, wenn ich nicht eine neue, eine endgültige Diagnose bekommen hätte. Der Krebs, den ich seit so vielen Jahren halbwegs im Griff hatte, schickte sich an, mich zu besiegen. Die Ärzte gaben mir nicht mehr viel Zeit, vielleicht noch ein paar Monate. Das war vor zwei Jahren. Da kannst Du mal sehen, wie zäh ich bin. Dennoch hatte ich schon lange abgeschlossen mit meinem elendigen Dasein. Irgendwann kam dann der Gedanke auf, dass, wenn ich schon gehen müsste, ich vorher eine ausgleichende Gerechtigkeit zu schaffen hätte. Und das konnte ich nur, indem ich Dich töten würde. Das dachte ich jedenfalls zu der Zeit. Nur wusste ich nicht, wie ich es anfangen sollte.

Ich fing an, Dich zu beschatten, belagerte Euer Haus - oft wochenlang. Wozu das führen sollte, war mir damals noch nicht klar, aber ich wollte einfach wissen, was Du tust - in jeder Stunde, in jeder Sekunde. War gar nicht so einfach, unentdeckt zu bleiben in diesem verschissenen Kaff, aber durch meine vielen Chemos in der Vergangenheit hatte ich eine umfangreiche Sammlung an Perücken und Kopftüchern, die mir sehr zugute kam. Ich glaube nicht, dass ich in all der Zeit jemandem irgendwie aufgefallen bin.

Ganz im Gegenteil zu einem Mann, der sich mehrfach sehr auffällig vor Eurem Haus postierte und mir recht bald ins Auge fiel. Ich war neugierig und beschloss, ihn anzusprechen. Wie Du Dir denken kannst, war es der Mann, der Dir nun das Gesicht und das Augenlicht genommen hat.

Es war Frank Wegmann, unser ehemaliger Kommilitone und Mitbewohner. Hat Du eine Ahnung, wie überrascht ich war, als wir uns gegenüberstanden und ich ihn erkannte? Und ihm erging es nicht viel anders mit mir.

Noch mehr erstaunte mich das, was er mir dann berichtete. Dass Du ihn damals auf dem Campus beim Dealen mit Ecstasy erwischt und ihn vor die Wahl gestellt hast. Wenn er sich nicht selbst der Polizei stellen würde, dann wolltest Du ihn anzeigen. Weil ein Medizinstudent so etwas nun mal nicht macht, hättest Du ihn mit Deiner elenden Selbstgerechtigkeit abgekanzelt. Du hast ihn nicht mal gefragt, warum er gedealt hat. Er hatte eben nicht wohlbetuchte Eltern wie die meisten anderen Studenten und konnte sich mit dem bisschen BAföG nur geradeso über Wasser halten. Darum hat er sich auf diese Weise ein bisschen dazu verdient. Andere hätten das vielleicht auch nicht gut gefunden, aber sie hätten es toleriert. Das konnte die heilige Resa natürlich nicht. Sie musste ihm das Messer auf die Brust setzen.

Wie auch immer, er hat es dann vorgezogen zu gehen. Um sein Glück in einer anderen Stadt an einer anderen Universität zu versuchen. Aber das hat nicht geklappt. Letztendlich ist er als

Pfleger in einem Altenheim gelandet. Nur ein lächerlicher Abklatsch seines eigentlichen Traumes. Dieses Altenheim befand sich in Prenzlau, wo er auch lebte. Eines Tages las er in der Uckermärkischen Tageszeitung von einer Ärztin namens Resa Mattern, die in Angermünde sozialschwache Menschen kostenlos medizinisch betreute. Ihm erschien es genauso unglaublich wie mir, dass Du und der Mattern tatsächlich geheiratet hatten, aber eine Abbildung in dieser Zeitung bewies, dass dort tatsächlich von Dir die Rede war. Und er beschloss, Dich zu beschatten. Genauso wie ich! Weil er Dich genauso abgrundtief hasste, wie ich es tat. Das stellten wir schon bald nach unserer zufälligen Begegnung fest. Und wir malten uns aus, was wir tun könnten, um diese negativen Gefühle endlich ausleben zu können.

Nach und nach entwickelten wir einen Plan. Einen Plan, der ziemlich bald vorsah, nicht Dich zu töten, sondern Tom. Weil dieser Schlag für Dich umso schlimmer sein würde. Und wir wollten Dir Deine Schönheit nehmen! Endgültig und unwiderruflich! Aber wir wollten das nicht einfach so tun. Unser Leben sollte einen Sinn bekommen und sei es nur der, dass wir das genialste und erstaunlichste Verbrechen der Nachkriegszeit in Deutschland begehen würden. Auf die Idee kamen wir übrigens wieder durch Dich und Deine Offenherzigkeit in den sozialen Netzwerken.

Du hast sehr oft von Eurem Leihopa Gotthilf Schnaller geschrieben und irgendwann erwähntest Du, dass sein Neffe ein hohes Tier beim Bundeskriminalamt in Wiesbaden ist. Ich habe das gegoogelt und prompt einen Artikel über diesen Herrn gefunden, indem er seinen Wunsch geäußert hat, irgendwann einen Fall lösen zu dürfen, der vergleichbar mit dem des Serienmörders »Jack, the Ripper« wäre. Er hat das zwar im gleichen Artikel noch zurückgenommen und als Spaß abgetan, aber der Gedanke setzte sich in meinem Kopf fest. Der Ruhm des Rippers ist in England und der ganzen Welt noch nach über hundert Jahren ungebrochen und das, obwohl man bis heute seine wahre Identität nicht kennt. Plötzlich wusste ich es: Das war der Weg, den Frank und ich gehen mussten. Und so perfektionierten wir unseren Plan, schufen etwas, das für die Ewigkeit gemacht ist.

Die nötigen Mittel hatten wir zum Glück, denn meine Eltern hatten mir eine kleine Summe Geld hinterlassen, die jetzt sehr gelegen kam.

Eigentlich müsstest Du Dich bei uns bedanken, denn wir haben wirklich mit einem gewaltigen Aufwand recherchiert, um die perfekten Spuren zu legen, die idealen Opfer zu finden. Alles sollte auf Dich hindeuten. Na ja, eigentlich habe ich recherchiert und Frank hat dann die nötigen »Arbeiten« ausgeführt. Er wäre übrigens ein hervorragender Chirurg geworden, aber das nur nebenbei. Wir waren ein perfektes Team.
Dass wir Gunter Bollmann mit ins Spiel gebracht haben, war hierbei übrigens ein besonderes Schmankerl, konnte ich mich doch noch zu gut daran erinnern, wie köstlich es mich amüsiert hatte, dass Du nach Tom ausgerechnet mit diesem Schwachkopf rumgevögelt hast.

Ich hoffe sehr, dass Du Deinem Mann diese Episode aufgrund der Ermittlungen beichten musstest, und noch mehr hoffe ich, dass es ihn gewaltig geärgert hat. Was für ein Spaß!

Du siehst also, alles war ein riesiges Spiel für Frank und mich, mit einem besonderen Tüpfelchen auf dem i, nämlich dem großen Finale vom 1. Februar. Tom Matterns Tod, die Bombe und Dein zerstörtes Gesicht!

Und Resa? Frog? Wie fühlt es sich an, unglücklich und verzweifelt zu sein? Ich würde mir wünschen, dass Du noch sehr lange lebst und diesen unglaublichen Verlust immer und immer wieder durchleben musst. Dass Dich die Trauer und der Gram ganz langsam zerfrisst, bis nichts, aber auch nichts mehr von Dir überbleibt als ein Häufchen Zellgewebe. Ja, das wünsche ich Dir von Herzen.

Frank und ich haben dafür alles gegeben. Letztendlich sogar unser Leben, denn ich gehe nicht davon aus, dass wir die finalen Anschläge auf Euch überlebt haben. Egal! Das war es wert! Mach es gut, Resa. Ich bin mir sicher, dass Du von nun an ebenso oft an mich denken wirst, wie an Deinen geliebten, aber leider verstorbenen Mann. Oder?

Deine

Susanne Lukowski, die es nie ausstehen konnte, wenn man sie Sanne nannte

Resa ließ diesen unfassbaren Brief kraftlos auf ihren Schoß sinken. Noch immer war das alles nicht real für sie. Es schien wie eine Farce, wie ein böser Traum! Und dennoch musste sie sich der Wirklichkeit stellen. Nein, der Plan des teuflischen Duos war nicht zur Gänze gelungen. Sie hatte immer noch ihr Augenlicht und ihr Gesicht war unverletzt... aber ... aber ... Tom ...

Kapitel 42

… aber Tom, den hätte es beinahe erwischt!

Resa hörte nicht, wie sich die Tür leise öffnete. Sie nahm nicht den Windzug wahr, nicht den Schatten, der in ihr Zimmer fiel und nicht den Mann, der sich neben sie auf das Bett setzte. Erst als der nach ihrer Hand griff, schreckte sie auf.

»Na du!«, hörte sie seine warme und vertraute Stimme. »Habe ich mir doch gedacht, dass du hier hockst und dir die Seele aus dem Leib grübelst. Hör auf damit, Resa Mattern! Sofort!« Er schaffte es glatt, die Traurigkeit aus dem Gesicht der Frau zu vertreiben und ihr ein Lächeln zu entlocken.

»Aber Schatz, was machst du denn hier?«, erwiderte sie leise und sehr besorgt. Sie strich leicht über seinen Oberkörper, der in einem dieser schwarzen Hemden steckte, die ihn so unglaublich attraktiv machten. »Du solltest doch noch ein paar Tage im Krankenhaus bleiben!«, rügte sie ihren Mann.

»Blödsinn!«, wehrte der Sturkopf ab. »So weit kommt es noch, dass ich wegen einer Rippenprellung wochenlang das Bett hüte. Ich bin doch kein Weichei!«

Resa schüttelte den Kopf. »Du weißt ganz genau, dass nicht die Prellung das Problem ist, sondern deine schwere Gehirnerschütterung, mein Freundchen«, tadelte sie den Rebell weiter.

»Musst du mich unbedingt daran erinnern?«, knurrte Tom. Für alle Zeiten würde das an ihm nagen. Ja, er hatte eine schwere Verletzung davongetragen an diesem 1. Februar 2015. Aber nicht, weil er tapfer das Leben seiner Frau, oder besser gesagt das Glück seiner Familie verteidigt hatte, sondern ganz einfach aus dem Grund, weil sein Sohn unordentlich war und er selbst ein Vollhorst. Anders konnte er das nicht beschreiben.

Als Silke Bacher, die junge Polizistin, ihm im Krankenhaus, nachdem er wiederaufgewacht war, erzählt hatte, was geschehen war, hätte er in Grund und Boden versinken können, so peinlich war ihm das Ganze. Der Held war nicht er, nein, es war Gotthilf. Ein neunzigjähriger Mann, unfassbar! Ihm hatte er sein Leben zu verdanken.

Der alte Filou hatte ihn am Morgen dieses Tages genötigt, eine schusssichere Weste anzuziehen, weil er das Gefühl hatte, dass das eigentliche Ziel nicht Resa, sondern ihr Mann sein könnte. Tom hatte das vehement ausgeschlossen, weil es absolut keinen Hinweis darauf gab. Murrend hatte er sich aber trotzdem breitschlagen lassen und die Weste, die Gotthilf sich von Kommissar Alfhausen hatte geben lassen, unter seinem Pullover getragen. Wie ein weinerliches Mädchen war er sich mit diesem Ding vorgekommen.

Und dann hatte eben dieses peinliche Ding den ersten Schuss von Susanne Lukowski abgefangen, welche als einfache Postbotin getarnt einfach so an den Polzisten vorbeimarschiert war, die das Matternsche Haus bewachen sollten. Die Kugel hatte Tom zwar einen Schlag gegen die Brust verpasst, den er seinem ärgsten Feind nicht wünschen würde, hatte aber eben nur besagte Rippe geprellt und nicht seinen Oberkörper zerfetzt, so wie es eigentlich von der Attentäterin geplant gewesen war.

Sie hatte sofort nachgesetzt, diese Furie, und ein zweites Mal gefeuert. Diesmal traf sie Tom gar nicht, weil selbiger nicht nur durch die Wucht des ersten Schusses ins Straucheln geraten war, sondern weil er zudem auch noch ausrutschte. Auf einem liegengebliebenen Spielzeugauto seines Sohnes. Wie blamabel! Er war hart mit dem Hinterkopf auf die Fliesen des Hausflurs geknallt und hatte das Bewusstsein sofort verloren.

So hatte er nicht mitbekommen, dass ein dritter Schuss fiel. Diesmal allerdings nicht aus der Waffe von Susanne Lukowski, sondern aus der von Gotthilf Schnaller, der zeitlebens ein hervorragender Sportschütze gewesen war, aber niemals geglaubt hatte, eines Tages seine Treffsicherheit bei einem Menschen anwenden zu müssen.

Gotthilf war Tom auf dem Fuß gefolgt, als dieser sich anschickte, die Haustür zu öffnen. Wie ein Wiesel war der Greis die Treppe hinuntergeeilt und war nicht mal zusammengezuckt, als die zweite Kugel haarscharf neben ihm die Tür zur Praxis durchschlug. Blitzschnell hatte er die Pistole aus dem Halfter gezogen, das er seit Tagen unter seiner abgewetzten Strickjacke trug, kurz gezielt und sofort geschossen. Das alles binnen weniger Sekunden. Als wäre er nicht neunzig, sondern neunzehn.

Er traf die Lukowski mitten ins Herz. Die Polizisten, die von ihren Wachposten herbeieilten, als sie endlich begriffen hatten, was da los war, konnten nur noch ihren Tod feststellen.

»Woran denkst du?«, riss Resas Stimme Tom aus den Gedanken.

»Ach, an nichts Bestimmtes!«, schwindelte er. »Sag' mir lieber, wie es dir geht! Bist du tatsächlich zu ihrer Beerdigung gegangen?«

Resa senkte den Kopf und nickte. »Ich musste das tun, Tom«, versuchte sie zu erklären. »Sieh mal, sie hat mich so gehasst. Wollte mir das Liebste auf der Welt nehmen. Dich! Trotzdem wollte ich ihr zeigen, dass ich ihr verzeihe und ich bin sicher, sie wird das mitbekommen, da, wo sie jetzt ist.«

Tom sah sie nachdenklich an. »Du bist einfach nur unglaublich, Liebes, weißt du das?«, raunte er, nahm sie in seine Arme und drückte seine Stirn gegen ihre.

»Nein, versteh' das bitte richtig!«, entgegnete Resa. »Ich habe das nicht für Susanne getan, sondern nur für mich. Es sind so viele schreckliche Gefühle in mir, was diese Frau und Frank betrifft. Ich darf einfach nicht zulassen, dass sie mich beherrschen, denn dann wäre ich keinen Deut besser als sie.«

Die beiden schwiegen eine Weile. »Du glaubst also, dass du mit dem, was geschehen ist, umgehen kannst, mein Schatz?"« wollte Tom schließlich wissen.

Resa versteifte sich in seiner Umarmung. »Ich weiß es nicht!«, erwiderte sie traurig. »Einerseits bin ich froh und dankbar, dass wir alle lebend aus dieser Sache rausgekommen sind. Andererseits weiß ich nicht, wie ich zukünftig damit leben soll. Ich meine, so viele Menschen mussten sterben. Diese sieben Frauen und dann auch noch die fünf Opfer des Bombenanschlags. Alles nur wegen mir. Wäre ich nicht gewesen, dann würden all diese Menschen noch leben. Das ist so schrecklich, Tom!«

Ihr Mann legte einen Arm um sie und zuckte kurz zusammen, weil ihn die geprellte Rippe zwickte. »Süße, du darfst dir an dieser ganzen Scheiße keine Mitschuld geben!«, redete er eindringlich auf sie ein. »Du kannst nichts dafür, dass diese zwei Verrückten dieses völlig kranke Ding durchgezogen haben. Dass du Frank damals vom Dealen abhalten wolltest, war richtig. Für sein anschließendes Versagen trägst du keinerlei Verantwortung, auch wenn er glaubte, dir das andichten zu können. Und Susanne? Das ist ehrlich gesagt für mich immer noch unfassbar, dass sie wirklich geglaubt hat, eine Art Gerechtigkeit schaffen zu müssen, für all das Unglück, das ihr im Leben zugestoßen ist. Und das, indem sie dir schadet.

Ich meine, was ist denn das für eine Logik? Soll ich dir etwas sagen? Kommissar Schnaller hat doch auf der gleichen Station gelegen wie ich. Er hat mir gesagt, dass man bei der Obduktion von Susanne auch den Kopf geöffnet hat. Sie haben dort faustgroße Geschwüre gefunden. Der Krebs hat gestreut. Wenn du mich fragst, war sie schon länger nicht mehr in der Lage, ›normal‹ zu denken. Sie war nicht bei Sinnen, Liebes! Genauso wie Wegmann, hörst du?«

Resa nickte, aber so richtig trösten konnten Toms Worte sie nicht. Dafür war das alles noch viel zu frisch. »Apropos Kommissar Schnaller!«, erwiderte sie. »Du warst also bei ihm? Wie geht es ihm?«

Tom strich ihr eine Strähne ihres langen blonden Haares aus ihrem Gesicht. »Mach dir keine Sorgen um den, Schatz! Er hat zwar ziemlich starke Verätzungen an der Schulter erlitten, aber das wird schon wieder. Ein paar Narben wird er zurückbehalten, aber die wird er verkraften. Ist er doch jetzt der bekannteste Polizist Deutschlands, nachdem er die schlimmste Mordserie der Nachkriegszeit aufgeklärt hat.

Den Wegmann hat es übrigens deutlich schlimmer erwischt. Bei dem Handgemenge mit dem Kommissar hat er sich das meiste von diesem Scheißzeugs selbst über den Balg gegossen. Chromschwefelsäure, mit das Fieseste, was die Chemie so hergibt. Er muss Wahnsinnsschmerzen haben, aber recht so! Er hat es nicht besser verdient. Wahrscheinlich wäre er lieber draufgegangen, aber nun wird er wohl für den Rest seines jämmerlichen Lebens im Knast vergammeln.«

Resa schaute ihren Mann strafend an. «Rede bitte nicht so, Tom!«, wies sie ihn zurecht. »So schlimm es ist, was er getan hat, er ist schließlich immer noch ein Mensch.«

Man sah ihrem Mann an, dass er etwas anderes dachte, aber er schluckte runter, was er am liebsten gesagt hätte.

»Wo ist eigentlich Opa Gotthilf?«, fragte er stattdessen.

Resa lächelte. »Der ist im Stress! Er gibt ein Interview nach dem anderen. Die Bildzeitung hat geschrieben, er wäre der Held der Nation. Morgen Abend ist er sogar bei Stern TV zu Gast.«

Tom verspürte einen kleinen Stich, was Resa sofort bemerkte. »Du solltest ihm nicht übel nehmen, dass er der Held ist und nicht du«, sagte sie sanft. »Wäre er nicht gewesen, dann wärst du jetzt tot. Darüber mag ich gar nicht weiter nachdenken. Ohne dich - was wäre das für ein Leben gewesen? Gar keines mehr, ich wäre mit dir gestorben. Daher habe ich den alten Mann noch lieber als je zuvor, und ich werde ihm ewig dankbar sein.«

Tom nickte peinlich berührt. »Du hast natürlich Recht!« sagte er leise. »Trotzdem belastet es mich schon, dass ich nicht in der Lage war, meine Familie so zu beschützen, wie es hätte sein sollen. Stattdessen mache ich mich zur Zielscheibe einer verrückten Verbrecherin. Auch ich werde Gotthilf für immer zutiefst dankbar sein, dass er eingeschritten ist, dennoch werde ich mir den alten Herrn noch mal vorknöpfen, das sage ich dir! Hat der einfach so eine Waffe bei uns im Haus. Ich meine, was wäre gewesen, wenn unsere Kinder die gefunden hätten?«

»Haben sie aber nicht!«, erwiderte Resa. »Und noch mal: Wäre es anders gewesen, hätte er diese Waffe nicht gehabt, und hätte er nicht geschossen, dann gäbe es dich jetzt nicht mehr, Tom Mattern! Aber wo du schon von unseren Kindern sprichst. Die rufen wir jetzt mal an. In den letzten Tagen konnte ich es einfach noch nicht, aber jetzt, wo du da bist, möchte ich das unbedingt machen. Sie fehlen mir so, unsere Wadenbeißer!«

Tom grinste. »Und mir vielleicht!«, meinte er. »Darum werden wir sie auch so schnell wie möglich nach Hause holen, einverstanden?«

»Einverstanden!«, erwiderte Resa und griff nach ihrem Handy.

Epilog

Angermünde, Sommer 2015

Die Zeit heilt alle Wunden, so heißt es doch, nicht wahr? Aber jeder, der in seinem Leben Schlimmes erfahren musste, weiß, dass das ein fürchterlicher Trugschluss ist. Bestenfalls vernarben sie, die Wunden, aber dass sie heilen, das ist schier unmöglich. Schon gar nicht, wenn sie so tief sind.

Zu dieser Erkenntnis kamen auch die Matterns in den Monaten nach diesen schrecklichen Ereignissen, die ihr Leben, das doch überwiegend glücklich und zufrieden verlaufen war, komplett aus den Angeln gehoben hatte. Resa und Tom waren mit ihren Kindern und Opa Gotthilf schon sehr bald nach Angermünde zurückgekehrt und sie hatten versucht, ihr normales Leben wieder aufzunehmen. Den Männern gelang das mehr oder weniger recht gut, mit den Kindern war es nicht ganz so einfach.

Resa und Tom hatten lange überlegt, ob sie ihren Töchtern und ihrem Sohn von den Vorfällen erzählen sollten und hatten sich schließlich dafür entschieden. Sie lebten schließlich in einer Kleinstadt. Jeder hier wusste, was den Matterns zugestoßen war, ebenso der Rest der Republik. Resa und Tom wollten einfach nicht, dass die

Kinder in der Schule und im Kindergarten davon erfuhren, deswegen hatten sie beschlossen, es ihnen schonend beizubringen.

Ihr Nachwuchs reagierte völlig unterschiedlich darauf. Malin und Merle hatten die Gnade der späten Geburt, das heißt, dass sie einfach noch viel zu klein waren, um das Geschehen bis in die letzte Konsequenz zu verstehen, schon einige Tage später hatten sie das völlig abgehakt und waren so wie immer. Die neunjährige Mathilda hingegen litt unter schlimmen Angstzuständen. Sie konnte nachts nicht schlafen und wenn doch, quälten sie fürchterliche Alpträume. Und Max? Er glaubte, dass er seine Mutter nun immer und überall beschützen musste. Er wich nicht eine Sekunde von ihrer Seite. Jede Nacht wachten Resa und Tom auf, und der Kleine lag wieder wie ein Wachhund vor ihrem Bett, wehrte sich mit Händen und Füßen, wenn Tom ihn zurück in sein Bett bringen wollte. Außerdem weigerte er sich, zur Schule zu gehen, gab erst Ruhe, wenn es ganz sicher war, dass Opa Gotthilf, die Reynolds' oder sonst wer bei seiner Mutter waren und über sie wachten.

Das alles würde früher oder später in den Griff zu bekommen sein, davon war Tom überzeugt, aber es gab ein größeres Problem, und das war Resa selbst. Die Resa, wie es sie vor den schrecklichen Ereignissen gegeben hatte, existierte nämlich nicht mehr. Ihre nicht klein zu kriegende Zuversicht, ihr unendlicher Optimismus, ihre positive Lebenseinstellung - alles war weg. Dazu ihr Lachen und auch ihre strahlende Schönheit. Sie war nur noch ein Schatten ihrer selbst. Über fünfzehn Kilogramm hatte sie seit dem Februar abgenommen, kein Wunder, denn sie aß so gut wie nichts mehr. Nicht mal mehr ihre heißgeliebte Schokolade. Dazu ihre Unlust, überhaupt etwas Sinnvolles zu machen. Die Praxis mied sie wie die Pest, die Kinder ließ sie lieber von den Reynolds' versorgen und wenn Tom nicht eine Haushaltshilfe eingestellt hätte, wären die Matterns sicherlich schon im Unrat versunken.

Resa stand am liebsten gar nicht mehr auf. Das hieß, dass sie sich morgens aus dem Bett quälte, sich zur Couch ins Wohnzimmer schleppte und sich dort wieder hinlegte. Manchmal gelang es Opa Gotthilf, sie zu einem Spaziergang zu überreden, aber auch das wurde immer seltener. Die Rechnung war ganz einfach. Sie wollte nicht mehr. Sprach sich selber das Recht auf Leben ab. Weil sie immer noch glaubte, dass sie Schuld an dem Tod dieser zwölf Menschen hatte, weil sie sich das nicht ausreden ließ, nicht von Tom, nicht von ihrer Mutter, die wieder ganz genesen war, nicht von Opa Gotthilf oder von Becky oder Palmer und schon gar nicht von den Therapeuten, die Tom für sie bemühte.

Jedes gut gemeinte Wort, jede eindringliche Zurede, alles perlte an ihr ab. So schlimm es war, sie so zu sehen, jeder verstand, dass es ihr schlecht ging. Auch Tom! Er konnte es verstehen, ja, aber er konnte es nicht ertragen. Was auch immer er versuchte, um ihr zu helfen, nichts wollte fruchten. Resa hatte komplett dicht gemacht. Das wollte und konnte er nicht länger aushalten und er kam zu der Einsicht, dass etwas geschehen musste. Darum beriet er sich mit Opa Gotthilf und mit Becky. Sie hörten seinen Vorschlag, diskutierten und stritten mit ihm, kamen aber letztendlich zu dem gleichen Schluss, dass es nur diese Möglichkeit gab. Wenn das nicht klappen würde oder Resa sich weigerte, dann blieb eigentlich nur noch ihre Einweisung in eine psychiatrische Einrichtung.

Tom hatte sich einen sonnigen, sehr warmen Abend ausgesucht, um seiner Frau seine Entscheidung mitzuteilen. Denn das war es: SEINE Entscheidung. Er würde keinen Widerspruch ihrerseits gelten lassen. Hier ging es um das Glück der Familie.

Resa lag draußen auf der Liege und starrte in den wolkenlosen, blauen Himmel. Es war ruhig im Haus. Kein Wunder, Opa Gotthilf und die Kinder waren für ein paar Tage zu Resas Eltern gefahren. Die Praxis war auch seit zwei Tagen geschlossen, was Resa aber fast nicht bemerkt hatte, weil Tom beide Tage außer Haus gewesen war, um etwas zu regeln. Allein war sie trotzdem nicht gewesen. Becky hatte ihr Gesellschaft geleistet.

Leise verzog diese sich in das Gästezimmer, als Tom nach Hause kam. Er betrat die Terrasse und hatte zwei Becher mit Schokoladeneis in den Händen.

»Na Liebes! Lust auf was Süßes?«, rief er überschwänglich. Seine gute Laune wurde aber gleich wieder gebremst, als er bemerkte, dass seine Frau nicht mal zu ihm hinsah, sondern nur kaum merklich den Kopf schüttelte. Aber damit würde er sie nicht hinlassen. Nicht heute! »Komm schon!«, sprach er weiter. »Das ist Eis von Luciano, das beste italienische Eis im Umkreis von dreihundert Kilometern. Das hast du sonst doch immer so gerne gegessen.« Er hielt ihr einen Becher unter die Nase und wedelte ihn hin und her. Wieder keine Reaktion von ihr.

Toms Stirn legte sich in Falten. Na gut, dann würde er eben gleich zur Sache kommen. Er zog sich einen der Gartenstühle heran und setzte sich direkt neben sie. »Hör mal zu, Resa!«, begann er mit ernster Stimme. »Ich habe mir das jetzt lange genug angeschaut. Wie du dahinvegetierst, wie du nur noch ein Schatten deiner selbst bist, wie jegliches Leben aus dir gewichen ist. Das zerreißt mir das Herz, weißt du? Und ich mache das nicht länger mit! Denn letztendlich werden wir alle daran kaputtgehen, nicht nur du, sondern auch die Kinder und ich. Das werde ich nicht zulassen. Darum habe ich überlegt, was zu tun ist. Mein Kumpel Ben hat mir vor einigen Wochen erzählt, dass er ein lukratives Angebot für die Leitung einer deutschen Privatklinik in Barcelona bekommen hat. Für ihn kommt es nicht in Frage, aber er hat das Angebot an mich weitergeleitet.

Glaube mir, ich habe sehr lange darüber nachgedacht. Hier in Angermünde waren wir schließlich vier Jahre zu Hause und sehr glücklich. Hier haben wir unseren Traum gelebt, und diese Praxis aufzugeben, ist bestimmt nicht einfach. Aber ich weiß auch, dass du hier nicht wieder gesund werden kannst. Hier nicht und auch sonst nirgendwo in Deutschland, denn diese ganze Scheiße, die wir erlebt haben, ist überall präsent. Man kann ihr gar nicht ausweichen. Darum habe ich mich auf diese Stelle beworben und auch eine Zusage bekommen. Ich habe entschieden, dass wir das machen. Dass wir die Praxis und das Haus vermieten, und dass wir nach Spanien gehen. Zunächst für zwei Jahre. Ich sehe darin die einzige Chance, dass du zur Ruhe kommst und dass du dich erholst.«

Er holte tief Luft, sammelte sich, denn das, was er ihr jetzt sagen würde, musste überzeugend sein, auch wenn er es bei Gott nicht wirklich so meinte. Mehrere Ansätze brauchte er, bevor er weitersprechen konnte. Es war so furchtbar schwer. »Resa, du musst mir glauben, dass mir das nicht leicht fällt«, sagte er schließlich und seine Stimme zitterte. »Aber sollte dein Zustand sich nicht bald ändern, dann werde ich dich verlassen. Und die Kinder nehme ich mit. Du ziehst uns sonst noch alle mit runter!« Tom verstummte und senkte den Kopf. Verdammt, das war so schäbig, was er hier abzog, aber er wusste sich ganz einfach nicht mehr zu helfen. Nur so würde er sie aus dieser Lethargie reißen können.

Und es gelang! Resa hatte die ganze Zeit zugehört, doch die meisten seiner Worte nicht wirklich verstanden. Doch dann drang endlich etwas zu ihr durch. Tom wollte sie verlassen. Es war, als wenn ein Vorhang gezogen würde und er den Blick auf die Bühne freigab, als wenn es auf einmal eine Antwort auf alle Fragen gab. Sie erkannte, dass Susannes und Franks Plan kurz davor stand, doch noch aufzugehen. Sie würde ohne Tom sein, ohne ihre Kinder … sie würde leiden bis in alle Ewigkeit.

Aber nein, das Böse sollte und durfte nicht die Oberhand gewinnen. Sie hatte auch schon andere Dämonen besiegt in ihrem Leben, warum nicht den, der seit Monaten ihr Leben überschattete und sie regungslos machte. Sie würde um Tom und um ihr Glück kämpfen. Mit seiner Hilfe würde sie es schaffen. Sachte hob sie ihre Hand und strich über seinen Kopf, der immer noch tief gesenkt war. Überrascht sah Tom auf, bemerkte etwas in ihren Augen, das er schon so lange vermissen musste.

»Nach Barcelona sagst du?«, flüsterte sie und Tom nickte. »Gut!«, sprach sie weiter. »Dann sollten wir schleunigst Spanisch lernen, nicht wahr?«

Ihr Mann konnte nicht glauben, was er da hörte. Da war er! Ganz plötzlich und unerwartet. Der Funken Hoffnung! Er konnte nicht anders und zog Resa in seine Arme. Umarmte sie, drückte sie so fest, dass es beinahe wehtat.

»Schon gut, Mattern!«, raunte seine Frau. »Und jetzt hol' endlich einen Löffel für das Eis, oder soll ich es mit den Fingern essen?«

Ende

Kate Dakota lebt im Emsland, an der Grenze Niedersachsens zu Nordrhein-Westfalen. Unter ihrem richtigen Namen publizierte sie einige Bücher zu regionalhistorischen Themen. Mit »Die Tiefe einer Seele« veröffentlichte sie ihren ersten Roman, dem innerhalb der »Prescott-Saga« drei weitere folgten. Der 8. Mord ist ihr erster Krimi.

Die Prescott-Saga von Kate Dakota

Band 1 »Die Tiefe einer Seele« (Februar 2014)
Band 2 »Erins bunte Steine« (Juni 2014)
Band 3 »Die letzte Rose« (Dezember 2014)
Band 4 »Das Flüstern der Feder« (Mai 2015)

Die Bände der Prescott-Saga

Band 1: Die Tiefe einer Seele
Band 2: Erins bunte Steine
Band 3: Die letzte Rose
Band 4: Das Flüstern der Feder

Printed in Great Britain
by Amazon